Sangre nueva

BIBIANA CAMACHO

Sangre nueva

RANDOM HOUSE

Sangre nueva

Primera edición: julio, 2023

D. R. © 2023, Bibiana Camacho

Este libro fue escrito con el apoyo del Sistema Nacional de Creadores de Arte.

D. R. © 2023, derechos de edición mundiales en lengua castellana:
Penguin Random House Grupo Editorial, S. A. de C. V.
Blvd. Miguel de Cervantes Saavedra núm. 301, 1er piso,
colonia Granada, alcaldía Miguel Hidalgo, C. P. 11520,
Ciudad de México

penguinlibros.com

ISBN: 978-607-383-048-5

Impreso en México – *Printed in Mexico*

Con amor,
para Javier Elizondo

I am married to my mother.
I shall never marry another.

PATRICIA HIGHSMITH

Un espasmo recorrió su espalda. En las fotografías familiares mamá aparecía sin rostro. La imaginó amputando cuidadosamente cada una de ellas. Se preguntó qué herramienta habría usado: cúter, navaja de afeitar, tijeras para manicura. Los cortes eran precisos. Sólo el rostro estaba ausente. La larga melena crespa, negra o tintada de rojo quemado, permanecía; también el cuello, los brazos, el torso y las extremidades. Únicamente el rostro ausente. Un mareo opacó sus sentidos. Lo único que logró enfocar con claridad fueron los orificios en los que debía estar el rostro de mamá.

Casandra suspiró aliviada. Menos mal que había madrugado y se había desecho de tantos objetos acumulados durante años en el cuarto de azotea donde mamá se encerraba a pensar con la luz apagada. Eso decía: voy a pensar, y subía sin que nadie osara preguntarle qué tenía que pensar o cuánto tiempo duraría esa actividad incierta.

Horas antes, a las cuatro de la mañana, el viento soplaba ligero y helado. Miró los tendederos en un liviano vaivén monótono, la ropa colgada y vacía. La potente lámpara parpadeó un par de ocasiones antes de iluminar, impasible, los lavaderos. Rodeó con ambas manos el termo con café caliente y aspiró profundamente antes de sacar la llave del bolsillo del pantalón para abrir el cuarto de azotea que parecía diminuto por la acumulación de cajas y bultos. Sabía que encontraría algo perturbador. Lo supo cuando el piso se movió bajo sus pies. Cerró los ojos unos segundos. No está temblando, se repitió una y otra vez. Un olor acredulzón le picó la nariz y estornudó varias veces antes de convencerse de que el edificio estaba quieto.

Halló bultos rotulados y apilados. Abrió el primero: "Cocina". Dentro encontró las fundas con las que mamá vestía los electrodomésticos: licuadora, batidora, extractor de jugos, tostador, molcajete, rejilla para los huevos, cafetera y cualquier cosa que quedara a la vista. Encontró ropa de cama: sábanas, fundas y colchas con diseños florales, holanes y encajes de colores pastel. Pensó en el minucioso cuidado que mamá aplicó a cubrir con artificio, disimular, ocultar y, a su modo, embellecer los objetos a su alrededor. En otra caja halló libros monográficos de varios temas, enciclopedias históricas, recetarios recortados de latas y cajas de alimentos, cupones de descuentos para productos que ya ni existían. Desechó cajas con vasos de distintos tipos, vajillas, licuadoras, planchas y otros objetos que mamá recibía de regalo en su trabajo cada 10 de mayo o fin de año y que guardaba celosamente en la azotea, sin abrir. Aunque Casandra conocía la manía acumulativa de mamá, le sorprendió que no se deshiciera de objetos que jamás utilizaría y que los guardara tan cuidadosamente, como si esperara que ocurriera algo, quizá que se convirtieran en otra cosa, cobraran vida o simplemente se esfumaran.

Depositó todo en los contenedores de basura excepto —gracias a una punzante intuición— dos cajas toscamente embaladas y sin rotular. El cielo despejado y el brillo del sol opacaron por completo el faro que seguía encendido. Algunas vecinas accionaron las lavadoras no sin antes echar un vistazo al frenético trajinar de Casandra, que respondió a los saludos con monosílabos.

Al mediodía, sudorosa y acalorada, bajó por cervezas. Al regresar se topó con Olga, la vecina del último piso, que la saludó con tono condenatorio sin quitarle el ojo a las botellas heladas que sudaban su propia temperatura, apretujadas en una delgada bolsa de plástico.

—Buenos días. ¿Tan temprano? Con tanto trabajo, ¿verdad?

Casandra ignoró el comentario. Abrió las dos cajas y desparramó el contenido en el suelo recién barrido y trapeado. Certificados de escuela a las que mamá asistió, recibos de servicios, de compras de víveres y pañales para adulto, carnets médicos, la boleta de calificaciones de la escuela comercial donde mamá estudió secretariado, menús dietéticos con su caligrafía apretada, recetas de somníferos, estimulantes, laxantes. Varios sobres repletos de fotografías mutiladas. Mamá niña, mamá adolescente, mamá adulta, mamá madre. La figura siempre sin rostro; sin la posibilidad de descubrir en el gesto una sonrisa, una mueca de hastío, una arruga de angustia. La postura del cuerpo a veces sugería un estado de ánimo que Casandra no podía descifrar. Las manos sujetas en el regazo, hincada frente al altar de la primera comunión, abrazada a sus hermanos mayores, rodeada de alumnos erguidos y pulcros del sexto de primaria, con su vestido plateado de XV años, con Casandra bebé en los brazos. Se preguntó cuál era el mensaje, porque alguno debía existir en ese lenguaje corporal amputado. Si hubiera querido borrarse, habría destruido por completo las fotografías. ¿Así quería ser recordada? ¿Mutilada, incompleta, sin rostro?

Atribuyó un súbito mareo a la falta de alimento y a las cervezas. No, no temblaba; los tendederos apenas se balanceaban con el viento frío y ligero. Pensó en bajar y preparar un sándwich. Sintió calambres en las piernas cruzadas, el piso frío parecía empujar las nalgas. No pudo cambiar de posición. Abrió la última cerveza y la bebió de un trago. El oscuro vacío que oprimía el estómago no se debía a la sed insaciable ni al hambre acumulada.

El farol recobró su fuerza ante la creciente oscuridad. Por más que intentó reconstruir el rostro de mamá en las fotos que tantas veces observó de niña, no lo logró. Un crujido como de una suela de zapato que rasca el piso la alertó.

—¿Mamá? —una carcajada confirmó el absurdo sentido de la pregunta, pero continuó—: Eres tú, ¿verdad?

El cuarto aspiró y expulsó aire viciado. Una araña de largas patas se apresuró hacia una esquina y pasó sobre los papeles como de puntitas. Regresó el contenido a las cajas, las selló y las bajó al depósito de basura. Hubiera preferido prenderles fuego. No conservó una sola foto. ¿Para qué? ¿Qué importancia tendrían las imágenes de papá, abuelos, tíos o primos sin mamá, que decidió ser un fantasma antes de convertirse en uno?

¿Qué hiciste?
…
Loca, ¿no guardaste nada?
…

Hubiera ido a ayudarte si me avisabas. A ver si no te arrepientes. La arqueología familiar es importante.

...

Uno nunca sabe cuándo necesita algo para arroparse.

...

Espero que no.

Escuchó a Fernando platicar con alguien, bromear y reír. El tono amable y juguetón la incomodó. Le dio la impresión de que escuchaba a dos desconocidos.

—¿Quién era?

—La vecina.

Desde que se mudó evitaba a las vecinas, que a la menor oportunidad criticaban lo que hacía y le daban órdenes disfrazadas de recomendaciones. Susurraban a sus espaldas sin disimulo. Decían que era igualita a su mamá, que se le notaba la mala sangre en las venas y que sólo esperaban el momento en que se revelaría su verdadera naturaleza.

—Doña Amelia —dijo con una sonrisa y continuó doblando la ropa. Lo miró interrogante, pero no insistió. Seguramente Fernando, recién llegado, les causaba interés; lo raro era que abriera la puerta y platicara tan ufano, cuando él mismo le había aconsejado que procurara mantenerse alejada de ellas y que no se dejara influenciar por sus opiniones, sobre todo con respecto a mamá.

Cuando el marido de Amelia la dejó, su carácter se tornó agrio y exigente. Nunca nada estaba lo suficientemente limpio, ordenado o en su lugar. Y no sólo sus hijos sufrieron las consecuencias, también el resto de los vecinos, a quienes fiscalizaba por todo. El esposo de Amelia se esfumó cuando sus hijos eran muy pequeños, ella los crio y atosigó con todo tipo de exigencias absurdas. Ya adultos y con vidas propias la visitaban poco. A veces, incluso, antes de cerrar la puerta cuando recibía a sus familiares se escuchaban frases como: "Mira nada más en qué fachas traes a los niños", "ese suéter no combina nada", "parece que no te eduqué". Y a los pocos minutos se despedían.

Quién sabe si por esa amargura mal disimulada, la verdadera batalla contra mamá inició luego de la separación. En cuanto Casandra y mamá se quedaron solas, Amelia —prácticamente todos los días— tenía una queja, una exigencia, un reproche, un reclamo; procuraba moldear lo que la rodeaba para que se ajustara al complejo sistema moral y de corrección que creó para sí misma. Estaba segura de que ella movía los hilos invisibles de la realidad y que sin ese gesto manipulador y generoso el mundo entero podría caer en el caos. Algunas personas necesitan hacerse cargo de los demás, controlar todo e imponer un necio orden propio para sentirse indispensables.

Mamá y Amelia mantuvieron una guerra constante. La vecina por controlar a mamá que, desde su punto de vista, era como un caballo desbocado sin orden ni concierto que podría contagiar a las demás de libre albedrío. Mamá resistía y la desafiaba. Aunque Amelia tuviera razón, la respuesta categórica de mamá era el rechazo.

Ya en la noche, antes de iniciar la película, Fernando dijo, muy despreocupado:

—Mañana acuérdame de pasar con doña Amelia para pagarle el adeudo.

—¿Qué?

—Sí, hoy en la tarde quedé muy formal, no quiero causar mala impresión.

Lo miró confundida. Habían acordado que, por tratarse de una deuda de mamá, no la asumirían. De la confusión pasó a la indignación.

—Es mucho dinero. No tienes que hacerlo, no nos corresponde, tú mismo lo dijiste.

—Sí, pero es la mejor forma de llevarla bien con las vecinas. Lo hago como una firma de paz, quiero que estés lo más tranquila posible. Ya ves cómo te dan lata. Seguramente dejarán de molestar. Además, afortunadamente tenemos el dinero y… No te enojes —intentó abrazarla, pero no lo dejó. Puso *play* al aparato y no dijeron nada más.

Poca atención le puso Casandra a la película. La negativa al pago se debía a una solidaridad con mamá. A su pesadumbre irreversible contribuyeron las vecinas de maneras aparentemente inofensivas para una mujer con frágiles agarraderas en el mundo. Por eso respondía con esa agresividad nacida de un dolor difuso e inasible que la carcomía por dentro. Cuando le contaba a Fernando lo ocurrido y respondía, condescendiente, que no era para tanto, Casandra consideraba que sí, que cualquier afrenta, por insignificante que fuera, debió lastimarla profundamente y ella no podía evitar sentirse culpable por no haber estado ahí. Y de inmediato se sentía afortunada, precisamente, por no haber estado; por no haber permanecido a su lado, como mamá insistió que era su obligación. "Yo nunca dejé sola a tu abuela", repetía como si se tratara de una plegaria cuando se dio cuenta de que a Casandra no le interesaba acompañarla a las tumbas de los abuelos porque esas visitas desembocaban en días de depresión y alcohol; que le fastidiaba andar de tienda en tienda viendo ropa y zapatos que jamás se compraba; que casi no le ponía atención cuando le contaba el chisme de algún pariente que ni siquiera conocía. "La obligación de los hijos es acompañar a los padres", decía. Casandra fingía no escuchar, aterrada ante el designio de su propia vida atada a la de una mujer cruel y egoísta como fue la abuela.

La única arma de la que disponía era el silencio, de modo que permanecía callada y quieta, casi sin respirar, temerosa de desatar la tormenta por un pequeño descuido.

La abuela menospreciaba a mamá porque fue la única que no se casó por la iglesia ni cumplió con los estrictos protocolos de noviazgo, pedida de novia y comidas familiares para que sus hermanos denostaran al novio y lo pusieran en ridículo, en un acto de hombría que los hacía sentir superiores. Mamá nunca pudo con la culpa, a pesar de reconocer que no hubiera aguantado la humillación de pasar por los estrictos canales impuestos por la provinciana tradición familiar para, al fin, casarse con Padre.

Cuando el abuelo falleció, Casandra se quedó sola con Padre porque mamá se mudó con la abuela, que alegó una depresión insondable. En cuanto mamá volvía del trabajo, se encontraba con demandas caprichosas: chocolates del Sanborns, cine, vacaciones al pueblo, ropa y zapatos nuevos, comidas en restaurantes caros, fiestas familiares y regalos espléndidos para gente ajena con la que la abuela pretendía quedar bien. Poco importaba si mamá estaba agotada o si el dinero no alcanzaba. Durante esa temporada, la disciplina higiénica se relajó: Casandra no estaba obligada a bañarse diario; se vio liberada de bolear los zapatos escolares todas las noches y, a veces, hasta podía cenar en la cama. Un día, sin previo aviso, mamá regresó llorosa y resentida. La abuela la mandó de vuelta, le dijo que estaba harta de su mirar de perro apaleado y aburrida de que siempre quisiera recordar al abuelo como el gran hombre que, de acuerdo a su experiencia, nunca fue.

Estaba tan abatida que se metió a la cama de inmediato. Al día siguiente, después de haber dormido y con la necesidad de descargar la agobiante frustración, reunió a Padre y a Casandra en la sala para enumerar las infinitas faltas, omisiones y errores cometidos en su ausencia. De pronto se interrumpió y, horrorizada, miró a Casandra, que se rascaba con insistencia la cabeza. La niña fue aprisionada entre los muslos de mamá que hurgaba con dedos ágiles y bruscos en el cuero cabelludo. ¡Piojos!

Padre aseguró que no era para tanto; que tener piojos era una experiencia normal y hasta enriquecedora. Minimizó el asunto con una carcajada impostada y se alejó lo más posible de la niña. Las recriminaciones duraron semanas. El largo cabello fue sometido a una inspección minuciosa dos veces al día, champús especiales y peines maravillosos. Los piojos desaparecieron, pero Casandra percibió el nacimiento de una disonancia casi muda en mamá que con el tiempo alcanzaría decibeles colosales. La niña aprendió a identificar un destello de extravío en la mirada de mamá que desembocaría cada vez con más frecuencia en una furiosa tempestad arrasadora.

Durante un tiempo, la abuela fue un tema prohibido, hasta que ella misma telefoneó a mamá y le dijo que no fuera ridícula, que no era para tanto y que la esperaba a comer el próximo domingo. Así se reanudó la tirante relación de mamá con la abuela, una mujer menuda, con los rasgos extraviados en su piel arrugada, mirada taimada y un comentario hiriente siempre dispuesto.

Un día, Casandra recibió una llamada que no esperaba tan pronto.

Las vecinas usaron la llave de emergencia para abrir el departamento cuando Margarita, que se encargaba de la limpieza de las áreas comunes, les avisó que algo apestaba allá dentro. Mamá tenía apenas unas horas de haber fallecido, pero su cuerpo hinchado y maltratado inició el proceso de descomposición y la efervescencia de gases antes de lo normal. Estaba hinchada, irreconocible, fea, triste y abandonada. Casandra no vio el cadáver, pero lo soñó varias veces. Una prima que siempre estaba al tanto fue la primera que se enteró y de inmediato puso en marcha el doloroso y burocrático sistema ante la muerte. Cuando Casandra acudió al llamado reprobatorio de la prima, el cuerpo ya estaba en la funeraria. Se imaginó a mamá hinchada, con cara de muñeca recién maquillada, pero aún ella, hermosa y fatal. Tuvo ganas de sacarla de ahí y devolverla a su departamento, servirle un trago, poner su disco favorito, cantar juntas a todo pulmón las canciones que tanto le gustaban y luego dejarla sola, concentrada en su pasado. Un pasado luminoso e irreal que ella se inventaba.

—Vete de aquí, ¿no ves que estorbas? —le decía a Casandra poco después de la partida de Padre, cuando intentaba consolarla, servirla, acompañarla. Mamá la mandaba a dormir, aseguraba que estaba mejor sola y que era una lástima que Padre no se hubiera llevado a Casandra junto con sus cosas.

Mamá dejó todo dispuesto para su funeral y cremación. Prima sabía dónde estaban los papeles necesarios y a quién llamar; mamá se lo había explicado varias veces y le había hecho prometer que no le diría a Casandra nada de eso. Quizá en el fondo procuraba evitarle preocupaciones, pero lo más probable es que se tratara del castigo del silencio. Cuando Casandra era niña y se portaba mal, mamá le aplicaba el castigo del silencio: actuaba como si no existiera; no la miraba, no hablaba con ella, comía sola sin ofrecerle nada. El castigo del silencio podía durar unos minutos o varios días. Al principio, la niña también fingía que la otra no existía, pero si la farsa se prolongaba demasiado, la ansiedad la carcomía, sentía el cuerpo traslúcido y presentía que, de seguir así, muy pronto desaparecería y nadie podría verla ni tocarla.

En esas épocas le dio por caminar encorvada, miraba al piso cuando andaba en la calle y le parecía que, como no miraba de frente, nadie reparaba en su existencia. Le aterraba levantar la vista para comprobar que el resto de la gente ignoraba su presencia, como si fuera un ser sin sustancia, sin cuerpo ni esencia. "Enderézate", gritaba mamá y le daba golpes con el puño cerrado en la espalda; a veces le jalaba el cabello hacia atrás para que levantara la cabeza.

—Camina derecha, ¿qué va pensar la gente? Que te maltrato, que soy una mala madre. ¿Eso quieres? Nadie te va querer si eres una jorobada. No vas a tener amigos, trabajo y mucho menos novio. Olvídate de casarte. ¿Quién quiere a una jorobada? —sus amenazas no la intimidaban; obstinada, caminaba con la cabeza gacha y la mirada clavada en el suelo. Hasta que un día la llevó al espejo de cuerpo entero de su habitación:

—Mira nada más, qué horror —dijo mientras le palmeaba la espalda desnuda. Entonces vio, horrorizada, una protuberancia entre los omóplatos que antes no existía; no era muy pronunciada, pero estaba ahí, podía palparla. Se espantó, persuadida de que mamá tenía la capacidad de conjurar deformidades y enfermedades si las enunciaba. O quizá era un castigo: mamá decía que todo se paga en esta vida, y que en cuanto algo grave le ocurriera debía pensar en sus errores y pésima conducta.

La envió a su habitación. En cuanto Padre volvió a casa, la llamaron a la sala.

—Enséñale a tu papá la joroba —se acercó con la cabeza gacha y mamá gritó—: ¡Levanta la cabeza! ¡Enderézate!

Padre le tentó la espalda con cuidado, como si temiera romperla. Mamá desabotonó la parte superior de la blusa y la jaló hacia la nuca para exhibirla.

—Mira, ¿la ves?

—Mañana la llevamos al doctor.

—Qué doctor ni qué nada, lo hace a propósito para irritarme. Tiene que caminar derecha, eso es todo.

—Exageras. Tranquilízate.

De nuevo la enviaron al cuarto y se enfrascaron en una de tantas peleas en las que ella era el motivo. No sabían qué hacer con la niña. Un sentido de responsabilidad los obligaba a estar atentos a su bienestar y a sacrificar el propio. Se quedó dormida, aturdida por los gritos de ambos. Cuando despertó con un sobresalto de una pesadilla todo era silencio y oscuridad. Se desnudó y se metió bajo las cobijas. Tenía hambre, pero no se atrevió a salir a la cocina: corría el riesgo de encontrarse con mamá frente a la televisión apagada, a oscuras con un vaso de tequila en una mano, el control remoto en la otra y un cigarro a medio consumir en un cenicero rebosante de colillas.

El doctor le adhirió una cinta gruesa que formaba una cruz a la altura de los omóplatos. Cada que se agachaba un poco, la banda le pellizcaba la piel y el dolor la obligaba a mantenerse erguida. La inscribieron a clases de natación porque según el doctor era un deporte noble que corregía las malas posturas. Padre y mamá se pusieron de acuerdo para reprenderla cada que miraba hacia el piso; ya no podía encorvar la espalda, pero seguía mirando hacia abajo con insistencia. En pocos meses la joroba desapareció y mamá empezó a quejarse de que Casandra la desafiaba porque cuando le aplicaba el castigo del silencio ya no andaba por la casa triste y cabizbaja; ahora andaba triste pero muy erguida y, según mamá, como si retara su autoridad.

Prima no se quedó en el funeral. Estaba fatigada. La muerte de mamá la alivió y deprimió en la misma proporción. La recompensa por su devoción fue un agrio abatimiento. Casandra nunca entendió las razones por las que Prima decidió hacerse cargo de ella. La visitaba con frecuencia, llamaba casi todos los días y permanecía a su lado durante sus crisis de cólera yerma. Se despidió de Casandra con un movimiento de cabeza en cuanto comprobó que todo estaba dispuesto. No se abrazaron ni dijeron nada. Aunque de niñas fueron buenas amigas, con el tiempo se convirtieron en desconocidas, incómodas y desconfiadas ante la presencia de la otra. Un incomprensible mecanismo interno puede separar a dos personas y depositarlas en dimensiones opuestas.

Casandra se quedó sola en una sala enorme y lujosa con servicio de café y flores. Un par de vecinas le dio el pésame y se marchó casi de inmediato, ante el obstinado silencio. Amelia llegó después y se sentó a su lado; ahí estuvo quieta con la respiración agitada como si se repusiera de una carrera. Tenía gotitas de sudor arriba del labio y la mirada desenfocada en dirección al ataúd. Casandra se preguntó si estaría arrepentida de su comportamiento con mamá. Luego, Amelia se quedó dormida y estuvo el resto de la noche emitiendo un ronquido convulso; a veces le daban espasmos y se sacudía toda. En la madrugada, una pareja entró por error. Le ofrecieron a Casandra tequila que traían en una licorerita. Le dio dos o tres tragos mientras ellos permanecían solemnes y avergonzados. A sus preguntas y exclamaciones de pésame respondió con un movimiento de cabeza sin abrir la boca una sola vez, sin llorar ni demostrar otra emoción que no fuera el espanto. Temía que si intentaba decir algo soltaría una sonora carcajada nerviosa. Por la mañana, Amelia despertó, se hincó, sacó un rosario del bolsillo de su suéter, se puso un velo negro sobre la cabeza y rezó largo rato con excesivo fervor. En cuanto terminó, se levantó con esfuerzo, echó una bendición al aire y se retiró.

Estoy muy apenada, no pude llegar, me siento muy mal.
...
Perdóname, de verdad debí estar ahí y darte un abrazo.
¿Estás bien?
...
Soy una tonta, una no deja solas a las amigas.
...
Qué bueno que me sentiste, yo siempre estoy contigo.

A la semana llamó un abogado para informarle que mamá le había heredado el departamento, lo que hubiera dentro y una cuenta en el banco. Prima recibió el dinero de un seguro que mamá pagó religiosamente desde su juventud.

Fernando estaba fuera de la ciudad a punto de concluir una investigación con la que al fin terminaría un libro que supuestamente le granjearía el reconocimiento unánime de sus colegas y, sobre todo, un puesto permanente en la universidad. El sacrificio de vivir separados ya duraba casi un año. Casandra trabajaba para mantenerse y enviarle dinero a Fernando, de modo que la herencia apareció como un relámpago inesperado que presagiaba agua en un terreno sediento.

De inmediato, como suele ocurrir con un golpe de suerte repentino, Casandra activó los oxidados engranajes de la imaginación. Rememoró una noche lluviosa. Miraban una película cuando se fue la luz. Encendieron velas y, para matar el tiempo, hicieron una lista de cosas que no les gustaban y lo que más destacó fue vivir en una ciudad tan grande, caótica, conflictiva y peligrosa. Ni cuenta se dieron cuando regresó la luz, pasaron horas fantaseando: una casa fuera de la ciudad con un pequeño huerto y un jardín. Analizaron situaciones hipotéticas a las que se enfrentarían: el aislamiento, la falta de servicios, el trabajo, la dificultad de conseguir despensa, la labor de la tierra, las plagas, la aprobación de los vecinos. El plan cobró forma a medida que pasaban los días. Cuando hallaron una parcela entre la ciudad y otro estado que se estaba fraccionando y cuyos precios eran accesibles, decidieron que podrían intentarlo. Pero antes, Fernando dijo que necesitaba terminar el libro en el que llevaba años trabajando. Casandra estaba convencida de que ese libro era una muleta de la que Fernando se sostenía y con la que validaba su abulia. Se trataba de una idea; una idea sin desarrollo, sin forma ni propósito. Luego de una semana de súplicas y de mostrar los supuestos avances, Fernando la convenció. La publicación de un libro tan ambicioso lo haría famoso y lo mejor es que rendiría jugosos frutos económicos, aseguró. Logró entusiasmarla y no hubo necesidad de convencerla para que se sacrificara un año, sólo un año, quizá menos, insistió.

Cuando le informó de la herencia, el entusiasmo de Fernando estalló.

—Ocupa ese departamento y dejas de pagar renta. Me puedes enviar un poco más de dinero este mes; ya casi acabo el libro. En cuanto regrese me dedicaré a corregirlo y editarlo, cosas menores. Y entonces podemos planear con elementos sólidos la adquisición de nuestro terreno.

Casandra pensó que esos elementos sólidos se referían a la herencia de mamá y estuvo a punto de decirle que iban a necesitar muchos más elementos sólidos porque la cantidad de dinero en realidad era modesta. Ella hubiese preferido venderlo o rentarlo; no quería volver a la infancia, a ese sitio inseguro y doloroso.

Recordaba las paredes pintarrajeadas con frases ininteligibles que mamá solía elaborar cuando estaba ebria y cuando estaba sobria y cuando estaba cruda. Las hacía para no olvidar, decía. Pero nunca dijo qué era lo que no quería olvidar y las frases disparatadas y confusas no proporcionaban ninguna pista. Al principio las escribía detrás de los muebles o de los cuadros, pero con el tiempo las paredes terminaron tapizadas de la tipografía apretada y nerviosa de mamá: "Nunca hagas nada bueno que parezca malo", "las cosas caen por su propio peso", "todo se paga en esta vida", "no sabes la que te espera", "tengo muchos secretos", "el destino agazapado en los sueños", "la nada me consume", "quemarlo todo", "mamita, ven por mí", "la fiesta siempre acaba demasiado temprano", "eso que se pierde", "agárrate, ahí vienen", "castigo del silencio", "castigo de desprecio", "castigo de indiferencia", "castigo, castigo, castigo", "lo que dice la gente es importante, cómo te ven importa", "¿a dónde crees que vas?". Su letra errática y cambiante era difícil de interpretar, pero cuando Casandra lograba hilar las frases, respiraba con dificultad y le parecía escuchar el susurro de mamá en una letanía insomne. A veces, de noche, bajo otro techo, la sorprendían los murmullos urgentes con los que mamá rogaba a un ser inexistente que se la llevara lejos, que la devolviera al inicio para empezar de nuevo y hacer las cosas de manera distinta, de la forma en la que se supone que debieron haber sido desde el principio. Casandra no deseaba volver a ese lugar donde mamá nunca fue feliz.

Es una pésima idea. ¿No te da miedo?
…
Ay, mana, yo que tú lo vendía de inmediato. No entiendo esa estrategia de mudarte para allá. Pero tú sabrás.
…
Eso se entiende, pero tanto como mudarse precisamente ahí. Seguro es idea de Fernando. Yo no te veo entusiasta ni convencida.
…
Otra vez con lo del famoso libro. Yo la verdad no creo que exista, lleva años en eso y no da una.
…
Tampoco es un genio, ¿eh? Entiendo que confíes en él, pero tampoco le veas virtudes que no tiene.
…
Sí, ya sé, ya sé que ha sido un gran apoyo, no me refiero a eso.
…
Bueno, no te enojes.

La idea de Fernando —"estrategia", como a él le gustaba decir— consistía en habitar el departamento para no pagar renta y sumar los ingresos con la herencia para adquirir el terreno e iniciar la construcción.

—Ya sé que te tocó sacrificarte un año, pero no vas a estar sola, vamos a estar juntos y entre los dos será más fácil, verás —insistía convencido.

Un penetrante olor, entre podrido y el perfume dulzón de mamá, la noqueó en cuanto abrió la puerta. Ahí estaban los mismos muebles de la infancia: la sala con flores moradas, el comedor de madera, las muñecas de porcelana en una vitrina; pero el morado no se distinguía de tantas manchas y mugre; en el comedor sólo quedaba una silla entera, a otras dos les faltaban patas; la superficie de la mesa del comedor estaba rayada y abollada; las muñecas de porcelana estaban deformes: en algún momento se rompieron y mamá trató de arreglarlas, pero pegó las piezas de cualquier modo y el resultado era siniestro. Pensó que todas y cada una de ellas representaban a mamá en su vano intento por curar heridas que jamás sanaron y que se hicieron más profundas con el tiempo. Las paredes, en cambio, estaban en blanco; si uno aguzaba la mirada todavía se podían ver en algunas partes los rayones de la caligrafía apelmazada de mamá bajo los brochazos de pintura. ¿Será que al final decidió olvidar lo que quería recordar? Tocó las paredes con la yema de los dedos; creyó que la pintura estaría fresca, pero no, estaba seca y rugosa, como si los caracteres de mamá ahí atrapados se obstinaran en traspasar la pintura, liberarse y revolotear alrededor de las lámparas.

Lo único que halló impoluto fue la habitación que ocupó de niña y adolescente. Las sábanas de la cama estaban limpias, los muebles sacudidos. Ahí no penetraba el olor desagradable que flotaba en el resto de los espacios. Casandra se sintió incómoda con tanto orden y vacío. Salvo los muebles, no había más nada: ni basura, botellas o mugre. En el armario halló la reproducción de una pareja de payasos tristes con enormes ojos vidriosos que mamá le regaló cuando cumplió cinco años.

—Si le vas a regalar dizque arte a la niña, al menos procura tener buen gusto —mamá hizo oídos sordos al reclamo de Padre y colgó el cuadro en el cuarto de Casandra. Aunque a ella le daban miedo esas miradas tristes y a veces creía escucharlos sollozar, no se quejó. Con el tiempo les tomó cariño. Estuvo a punto de llevárselo cuando se marchó de casa, pero prefirió no cargar con un recuerdo tan denso.

El departamento parecía una costra enorme encarnada en el edificio. Tiró todo: muebles, televisión, aparato de sonido, la computadora que ocupó en su adolescencia, papeles viejos, botellas y botellas de alcohol que estaban por todos lados: debajo de los muebles, en los clósets, en las alacenas de la cocina, en los anaqueles del baño, en los libreros. Se deshizo de las escasas joyas de oro: una cadena, un par de arracadas y su anillo de primera comunión. Casandra no encontró más. Seguramente mamá vendió el resto; ella, que estaba tan orgullosa de un cofre con aretes y cadenas de oro. De la ropa se enteraría más adelante; esa ropa que guardaba tanto de la esencia de mamá, con la que angustiosamente trataba de convertirse en otra y, quizá, alguna vez, de metamorfosear a la propia hija. Según una vecina, mamá ya sólo portaba una bata de franela floreada con la que la encontraron, ni ropa interior traía. Gracias a algunos recibos, Casandra se dio cuenta de que pedía todo por internet o por teléfono: comida, alcohol, papel de baño.

También halló fajos de billetes doblados en el fondo de los cajones de la cocina, dentro de las fundas de las almohadas, en las puntas de los zapatos, en los vacíos tópers empolvados, en frascos donde alguna vez hubo mermeladas, salsas o café. Guardó los fajos en una mochila vieja que quedaría en el último cajón de su escritorio. Ni siquiera los contó, después pensaría qué hacer con ellos. Quizá mamá ocultaba el dinero y luego lo olvidaba, de lo contrario no se habría desecho de sus joyas valiosas, que no aparecieron en ningún sitio.

Días antes de la mudanza, Casandra cambió la instalación eléctrica, pintó y contrató a una mujer para que la ayudara a limpiar a profundidad. Se esmeró con el cuarto que ocupó de niña: pintó el muro con ventana de color lila, el techo crema y el resto blanco. Como único adorno, colgó en el muro lila el cuadro de la pareja de payasos con enormes ojos tristes. Decidió que ese espacio sería su refugio y lugar de trabajo.

Pese a los arreglos y la limpieza, cuando abrió la puerta para darles paso a los mudanceros, el olor los recibió, pleno. Pero si acabamos de limpiar, dijo entre dientes, avergonzada con los trabajadores que hicieron gestos de asco.

Esa noche soñó que volaba sobre un murciélago gigante que supuestamente la llevaría a la casa de campo, pero en lugar de eso la transportaba al departamento de mamá, que tenía el aspecto que recordaba de la infancia: pulcro, con una sala tapizada de flores moradas, un comedor cuya madera siempre brillaba, una pequeña cocina reluciente con electrodomésticos vestidos con encajes y fruncidos. El murciélago la depositaba en el alféizar de la ventana y Casandra caminaba de puntitas hacia la puerta para largarse de inmediato sin ser vista, cuando escuchaba una voz aguardentosa:

—Mi amor, ¿eres tú? Ven, dale un beso a tu madre.

Entonces despertó. Se levantó a tomar agua y se quedó en la oscuridad de la sala. El olor nauseabundo había disminuido, pero aún se percibía. Su estudio era el único sitio inodoro. Con el tiempo la peste aparecería y desaparecería como si fuera una brisa ligera que se cuela a través de la ventana, sobre todo durante las noches calurosas.

Hubieras tomado fotografías.
…
Pues para que te den una beca, tonta. Suena a una instalación.
…
Eso del olor es normal. A veces se tardan en desaparecer. El espacio debe absorber los aromas nuevos.
…
No te preocupes, seguramente con el tiempo la peste desaparecerá.

Padre tenía la mala costumbre de ocultar cosas. Identificaba un objeto que a mamá le gustara mucho y lo escondía en un sitio distinto al que acostumbraba guardarlo: sus prendas favoritas, bisutería que usaba con más frecuencia, documentos personales, dinero. Le esculcaba la bolsa a escondidas. Cuando mamá le reclamaba se hacía el ofendido, le decía que estaba loca. Muchas veces los objetos aparecían poco después en su lugar habitual. Hasta que un día mamá lo sorprendió sacándole dinero del monedero. Lo miró unos segundos, él todavía no se percataba de que era observado, enrolló los billetes, los sujetó con una liga y los metió al bolsillo de un blazer colgado en el clóset. Mamá tomó un tarro de crema Nivea grande y apuntó hacia la cabeza. Padre se agachó apenas a tiempo. El proyectil llevaba tanta fuerza que abrió un enorme agujero en la puerta del clóset que permaneció así hasta que Casandra contrató a un carpintero para que la parchara.

Padre siempre negaría que él era el responsable de la "desaparición" de objetos que pertenecían a mamá. Pero ni ella ni Casandra le creían a pesar de que se empeñó en repetir la anécdota a amigos y familiares con cara de inocente y profundamente humillado. Aunque mamá estaba convencida del juego siniestro, a veces se mostraba desorientada y evitaba decir qué se le había extraviado u olvidado, o lo que turbaba su mente por temor a que Padre le dijera, como hacía con harta frecuencia:

—Estás mal, cálmate, pareces loca.

Casandra nunca entendió las razones de papá. No era divertido, era perverso y cruel.

La señora que ayudó con la limpieza estuvo estoica y dedicada, pero antes de marcharse propuso una limpia: "Es que a veces no hay de otra, la hago gratis, pero usted tiene que pedírmelo y proporcionar los instrumentos". Casandra le dijo que no, segura de que la reciente pintura, el pulido de pisos y la nueva instalación eléctrica conjurarían el pasado. Mientras el departamento estuvo vacío, a menudo la sobresaltaban pasos, el gorgoteo del baño, el crujir de la madera, un susurro, una voz débil que sonaba como mamá cuando la llamaba, siempre desde la cama, siempre demandando algo, siempre necesitada de cariño, chantajeando. Absorbente, frágil y espeluznante. Por eso se marchó sin avisar. Aplicó el tan temido y reprobado por las tías: "Se fue con el primero que encontró". Sólo que ese primero fue un refugio de paz y cariño. Huyó de casa a los veinte años con el primer novio que le propuso vivir juntos. Se llevó solamente libros, ropa, zapatos y bisutería. Tiró cuadernos, cartas de amor, peluches, chucherías. Siempre creyó que los objetos absorben la esencia de quien los posee. Imaginaba que dejaría atrás los recuerdos, el miedo, la angustia junto con los objetos; sin atreverse a reconocer que su propia genealogía cargada de presagios y humores densos contenía y alimentaba su desesperación.

La neta yo sí hubiera hecho una limpia.

...

Hay cosas que no tienen explicación. ¿No dices que escuchas cosas?

...

¿Ves?

...

Le voy a pedir un conjuro a la abuela y lo hacemos juntas, ¿cómo ves?

...

¿Y quién le va a preguntar a Fernando? Es tu casa, ¿no?

…

Cuanto antes, mejor. Antes de su regreso, para estar tranquilas y sin prisas.

…

¿Te acuerdas? Es que la abuela siempre ha sido muy buena, si no estuviera tan viejita la llevaba, pero ya no sale.

…

Seguro, le pregunto y lo hacemos cuanto antes.

Lo fastidió a pesar de lo mucho que se amaban y del esfuerzo que hicieron por reconocerse en una cotidianidad que se volvió monótona y aburrida. La rutina enajenante de dos personas que trabajan para mantenerse y que pretenden sacar una carrera adelante, unida a las depresiones y ataques de ansiedad de Casandra, lo sacaron de quicio.

—Si te sientes tan mal, regresa —le dijo un día, harto de escucharla llorar durante noches en las que su cuerpo no respondía a las caricias y sus oídos permanecían sordos a las palabras que trataban de consolarla—. Yo no puedo más; no sé qué hacer.

Nada dijo, pero se apaciguó y logró dormir. Dos días después encontró el departamento desolado. "El primero que se encontró" se llevó sus cosas personales y borró su presencia. Parecía que desde el principio solamente ella hubiera habitado ese espacio. Se despidió en una breve carta: "Te dejo libre para que vuelvas con tu madre si así lo deseas o para que intentes recuperarte". No volvió a saber de él. Los amigos comunes se alejaron de ella como si tuviera una enfermedad contagiosa y optó por aislarse. Sintió doble culpa, por ella y por él. No volvió. Logró mantener la distancia. La llamaba al menos una vez al mes y platicaban de trivialidades. Jamás mencionaron el distanciamiento, las ausencias. No hacía falta, mamá era vidente, sabía leer a las personas, sobre todo a la gente que quería. La primera vez que hablaron, cuando ella ya estaba sola, le dijo sin que viniera a cuento, luego de haber comentado la apariencia de una actriz que admiraban y que se había transformado en un monstruo después de múltiples cirugías fallidas:

—Todos se van tarde o temprano, tienes que aprender a estar sola y a valerte por ti misma. Si se fue es porque no te quiere, ya ves tu padre.

—No sé por qué me dices eso, pero está bien, ma —procuraba no discutir, cuando decía algo que la molestaba o alteraba, lo zanjaba con un "sí, ma" y cambiaban de tema. Entonces mamá contestó tajante:

—Yo sí sé, yo sé todo, aunque no me lo cuentes.

Sintió escalofrío. Las supuestas dotes clarividentes de mamá la aterrorizaron de niña. Sus travesuras y acciones nunca pasaron desapercibidas para mamá, por más que Casandra se empeñara en ocultarlas. La mayoría de las veces ataba cabos, hacía una suposición y preguntaba con tanta seguridad que Casandra era incapaz de sostener una mentira. Otras veces simplemente se enteraba por otras personas y la hacía creer que lo había adivinado, como si tuviera un tercer ojo.

—Tu abuelo fue a la junta de padres de familia y ni me avisaste.

Abuelo paterno y Casandra acordaron que él iría en secreto a las juntas, primero por si había alguna queja, lo que era frecuente, y luego porque mamá se estresaba por el permiso que se veía obligada a solicitar en su trabajo y terminaba de pleito con la hija, la maestra, el abuelo, Padre, las vecinas y cualquiera que se le atravesara. El abuelo era incapaz de echarla de cabeza; mientras vivió fue un aliado sólido e indiscutible.

—No hubo junta.

—Claro que hubo, ahora voy a tener que pedir permiso para hablar con la maestra directamente. En ti, está visto, no puede confiarse.

Le tomó varios años darse cuenta de que mamá se enteraba la mayoría de las veces por casualidad. En esa ocasión se encontró en el transporte a la mamá de uno de sus compañeros de primaria, que le comentó lo de la junta.

En otro momento los dejaron salir de la primaria a la hora del recreo y, en lugar de volver a casa directamente, Casandra y Noemí, su mejor amiga, fueron a los volantines, sin llevar a Prima por esa crueldad cándida de los niños. Para su mala fortuna, mamá salió temprano de la oficina y se topó en la calle con Prima, que se quejó con amargura de la arbitraria exclusión.

—¿De dónde vienes?

—De la escuela —contestó con desdén y aventó la mochila al piso, como si fuera una prueba de su inocencia.

—Vienes de los volantines, ¿verdad? Mira nada más cómo te pusiste las rodillas. Seguro te fuiste con la buena para nada de Noemí. Y ni se te ocurra negarlo, lo sé todo, todo de ti.

Con el tiempo no le quedó más remedio que decirle la verdad y, por lo tanto, a sus ojos Casandra se convirtió en una cínica. Prefirió ser honesta a sentirse acechada, como si mamá pudiera asomarse dentro y descubrir cosas que procuraba mantener en lo profundo. El temor a que se enterara de absolutamente todo permaneció siempre.

Ya no huele raro.

...

Se me hace que esta limpia funcionó, ¿no te sientes mejor?

...

Es normal que te sientas rara en un principio. Poco a poco te vas a sentir mejor, eso dice mi abuela.

...

Acuérdate de que es muy importante el tipo de energía que tú y Fernando pongan en esta casa.

...

Eso dijo la abuela: si no le vas a hacer caso, no sirve.

...

Pues por si las dudas, mejor le hacemos caso, ¿no?

Luego de cinco años de llamarla de vez en cuando, la amenazó:

—Si no vienes me voy a matar ahora mismo. Tengo un frasco lleno de pastillas y mientras me hacen efecto me voy a cortar, a ver si te gusta encontrar a tu madre tasajeada y ensangrentada. Será tu culpa y todo el mundo se va a enterar porque voy a dejar una carta explicándolo todo, ¿oíste?, todo, cómo me abandonaste y me abandonaron todos, cómo nadie me tuvo compasión ni cariño. Moriré peor que un perro callejero y todo será tu culpa, ¿oíste?, tu cul-pa.

Amenazas de ese tipo eran cotidianas, se repetían cada cierto tiempo y Casandra aprendió a desatenderlas. Pero ese día algo se quebró en ella. El suelo se tambaleó bajo sus pies. Una ceguera que duró tan sólo un parpadeo la hundió en un abismo de desesperación. Sus primeros recuerdos eran de horror, culpa, tragedia a punto de ocurrir; siempre con miedo a que se hiciera daño y segura de que era su responsabilidad mantenerla viva, tranquila y feliz.

Acababa de obtener un empleo que anhelaba desde mucho tiempo atrás. Mamá apareció en el momento justo, como si supiera lo del trabajo, la satisfacción y la alegría. Cuando Casandra tenía logros académicos o laborales, los ocultaba celosamente porque mamá solía decirle, con una mueca de desdén y tono burlón, que no era para tanto.

Cuando llamó, Casandra estaba exultante y borracha; escuchar a mamá le provocó tartamudeos y dislexia. Le tuvo que repetir varias veces al taxista la dirección, mientras éste la miraba espantado por el retrovisor manejando a toda prisa para deshacerse de ella lo más pronto posible. No retuvo ninguna imagen del trayecto ni supo cuánto pagó. Recordaría que se le resbalaron varias veces las llaves antes de lograr abrir el portón del edificio. Apenas podía respirar, los objetos perdieron sus contornos, alrededor todo era un espejismo y no lograba distinguir la realidad. Corrió escaleras arriba, empujó la puerta abierta con tanto impulso que la azotó contra la pared y entonces sintió las vibraciones de la carcajada.

—Mi bebé vino en mi auxilio —dijo entre risas carrasposas—. Mi bebé —detestaba que le dijera así y mamá lo sabía—. Bebé, bebé, bebé, mi bebé, bebé, bebé —no dejaba de repetirlo y se carcajeaba—. Eres una debilucha, así nunca vas a sobrevivir, estúpida bebé, bebé, bebé.

Estaba ebria y despeinada; aun así lucía guapa. Tenía un cigarro entre los dedos y las uñas pintadas de rosa. De vez en cuando le daba un trago a la botella de tequila barato que sostenía entre las piernas y hablaba, decía cosas incomprensibles, parecía haber olvidado la presencia de la hija porque ya no la miraba, tampoco se carcajeaba. Su diminuta voz hacía pucheros. Sonriente, cerró los ojos, su rostro se iluminó, pero luego, casi de inmediato, sus facciones se arrugaron en una mueca de terca angustia instalada a la fuerza, aprisionándola y apachurrándola por dentro.

El departamento era un desastre. Un olor a basura y orines lo impregnaba todo. A Casandra le costó trabajo reconocer tanta suciedad. Mamá siempre fue una obsesiva de la limpieza; a diario andaba con un trapo sacudiendo las superficies. Padre, ella y Casandra se turnaban para barrer y trapear todos los días. La limpieza profunda se hacía los sábados y les tomaba gran parte del día. Aunque las sillas y los sillones estaban forrados de plástico, mamá prefería que se sentaran en la mesa de la cocina durante los alimentos y, si ocupaban el comedor o la sala, echaba mantas encima y los urgía para que despejaran los espacios pronto. Papá e hija evitaban las visitas porque entonces debían limpiar todo a profundidad antes y después de la convivencia. Cuando atendió su llamado, el departamento lucía irreconocible, sucio, apestoso, con las paredes rayoneadas y el piso pegajoso.

Se quedó ahí, parada, sin saber qué hacer o decir varios minutos, hasta que se marchó triste y aliviada al mismo tiempo. Después escucharía la carcajada en todos lados, a todas horas; la despertaba en la noche, la sorprendía en el camión, en la calle, en el trabajo. Al medio año renunció, se sentía culpable por dedicarse a algo que disfrutaba, y encima que le pagaran, mientras mamá vivía sola en constante autodestrucción y desconsuelo. La renuncia la hizo todavía más infeliz.

¿Estás loca? ¿Por qué renunciaste?
...
Nos acabábamos de despedir, ¿por qué no me llamaste? Hubiera regresado y te hubiera calmado o al menos acompañado.
...
No entiendo por qué acudiste precisamente a esa llamada, ya te había llamado otras veces y tuviste la cordura de no hacer caso.
...
Ni modo, no es para tanto. No te estaba echando la culpa.
...
Lo siento, de verdad.

En esas épocas conoció a Fernando y le contó de mamá.
—No debiste haber ido.
—Lo sé.
—Ella se aprovecha de ti.
—Lo sé.
—No es tu culpa; nada es tu culpa.
—Lo sé.

—Además, necesitas trabajar y es mejor que sea algo que te guste. No entiendo por qué renunciaste.

—Me sentía culpable.

—Pero ahora no te sientes menos culpable, ¿o sí?

No, no se sentía menos culpable. Qué distinto es saber algo de sentirlo. Mamá jamás volvió a urgirla para pedirle que acudiera de emergencia. Las llamadas se hicieron más cortas y menos frecuentes. No volvió a verla hasta que la vio muerta. A menudo le llegaban noticias como si mamá viviera en otro país o en otro planeta, su propio planeta. Tías y primas le decían que debía procurarla, que estaba muy mal, que la extrañaba. Decían que era su obligación; que los hijos nacen con el único propósito de velar por los padres que les dieron vida. Mamá no sólo le había dado vida, también ansiedades y terror. Prima la mantenía informada sin reproches, reclamos ni exigencias de ningún tipo. Jamás le preguntó la razón de su diligencia. De niñas convivían, pero nunca fueron tan cercanas. Jugaban, pero se aburrían. Muchas veces Prima platicaba con muñecas y Casandra se entretenía dibujando.

Un sábado, Padre estaba de buen humor, situación extraordinaria, pues los fines de semana solía andar por el departamento como bestia enjaulada sin hablar, con el ceño fruncido y pujando con reprobación cada que se topaba con alguien. Prima estaba en casa. Las niñas llevaban casi toda la mañana en el armado de un rompecabezas, regalo del abuelo.

—Vámonos de paseo —Casandra iba a decir que no, gracias, pero Prima, entusiasmada, se levantó de un salto sin sospechar que esas invitaciones solían convertirse en catástrofe.

—¡Cómo te vas a llevar a las niñas! No pueden salir así —mamá hurgó en el clóset.

—No es para tanto, las voy a llevar a los juegos mecánicos. Así están perfectas, con pantalón y tenis.

—No, no, no y no. Tú no entiendes. Salte. Ahorita te las preparo —mamá lo empujó, cerró la puerta y dijo—: A ver...

Minutos después estaban ataviadas con los vestidos floreados que Casandra guardaba al fondo del clóset porque los detestaba. Vestidos delicados que debían permanecer impecables. Estaba prohibido ensuciarlos, desgarrarlos, estropearlos. Mamá las peinó con esmero. La cola de caballo que ambas usaban no era adecuada. A Prima le tocó una trenza francesa de lado, a Casandra un chongo en la nuca. Las miró con contento.

—Así deberían andar siempre. Quedaron preciosas. Váyanse y diviértanse.

Abrió la puerta y las empujó hacia la sala. Padre dijo que estaban muy bonitas, pero que quizá no era buena idea que usaran vestido. Mamá los empujó a todos afuera y repitió:

—Diviértanse mucho.

Casandra iba aterrorizada. No le dijo a Prima que tuviera cuidado con el vestido porque si lo ensuciaba o si por accidente lo rompía se meterían en problemas. ¿Para qué?

Se divirtieron en la montaña rusa, la rueda de la fortuna y los carros chocones. Padre, completamente ajeno a su carácter tacaño, les compró algodones de azúcar y las invitó a un establecimiento de hamburguesas a donde mamá y Casandra le habían suplicado varias veces que las llevara, sin éxito. De regreso, las niñas se quedaron dormidas en el asiento trasero del carro.

—¿Cómo les fue? Qué tarde llegan.

—Se subieron a todo, vienen agotadas —Padre, con un gesto de tedio, señaló los rostros somnolientos y las cabezas despeinadas.

—¿Ah, sí? Seguro comieron.

—Fuimos a las hamburguesas, por fin. Ni están tan buenas y me gasté un dineral.

—Bueno, pero se divirtieron, ¿no?

—Pregúntale a tu hija.

Las niñas se interrumpían en un relato confuso de juegos mecánicos, casa embrujada y hamburguesas.

—¿Entonces fueron a las hamburguesas? —el color de la voz de mamá se tornó fangoso.

—Vayan al cuarto a descansar —ordenó Padre y las niñas obedecieron. Se sentaron en el suelo para continuar con la selección y acomodo de las piezas del rompecabezas.

Los adultos se entregaron a una charla con dientes apretados que pronto estalló en gritos y recriminaciones.

—Nunca llevas a tu familia a las hamburguesas.

—Las llevé hoy.

—¿Y yo?

—Luego vamos.

—Nunca nos sacas.

—Saqué a las niñas.

—¿Y yo? Seguro quieres quedar bien con tu familia, que piensen que eres generoso. Nunca salimos.

—No es para tanto. Cálmate.

—¡No me toques!

—Entonces cálmate. Vas a espantar a las niñas.

—A Prima, querrás decir. Tu hija ya está acostumbrada.

Minutos después mamá abrió la puerta del cuarto y la cólera se convirtió en una confusión abyecta. Las niñas estaban sentadas en el suelo, con los vestidos enrollados hasta la cintura, sin pantaletas. Ambas hurgaban con sus dedos en los labios vaginales de la otra. Horas más tarde, mamá lloraría con Padre ante ese ultraje:

—Las hubieras visto con los rostros en éxtasis, seguramente no es la primera vez y, sin duda alguna —afirmó agobiada—, es tu culpa.

La memoria de Casandra es un torbellino. En su mente aparece la expresión tan extraña de mamá, mezcla de incredulidad, asco e ira. No recuerda el intercambio de caricias que supuestamente ella y Prima se prodigaron. La ha recreado y soñado varias veces a partir de un relato furioso y pantanoso que mamá le hizo un día. No se explica cómo su propio cuerpo pudo borrarlo tan terminantemente.

Las niñas estuvieron pronto en la sala, con las pantaletas puestas y los vestidos colocados de manera adecuada. Padre llevó a Prima a su casa. Casandra estaba por cumplir la orden de irse a la cama cuando mamá la jaló con brusquedad y la sacudió:

—Mira nada más cómo traes el vestido. No sabes lo que cuestan las cosas, ¿verdad? Tu prima también lo ha de haber estropeado. De nada sirven mis esfuerzos por ponerte presentable. Eres una guarra —del encaje que sobresalía bajo el dobladillo del vestido sólo quedaba un trozo que colgaba acusador en algún lugar que a Casandra le resultaba invisible—. Vete a acostar, ya es tarde —agregó aún con la respiración entrecortada. La hija no logró descifrar el mensaje de fondo. Hizo algo malo, sin duda. Se sentía sucia y despreciable.

Ya en la cama escuchó otra pelea. No logró delinear el tema, pero el tono apremiante la puso más nerviosa todavía, hasta que se quedó dormida. Soñó que caminaba por el amplio pasillo del portón de la primaria hacia el patio. Los grupos ya estaban formados y alineados en sus respectivos lugares, listos para la ceremonia de la bandera. Por más que aceleraba el paso, no lograba atravesar el pasillo y de pronto escuchaba la chicharra. Era ya muy tarde y se preparó para enfrentarse a un severo castigo. El sonido aumentaba cada vez más y la niña dejaba de caminar y se tapaba los oídos. Entonces despertó y los escuchó.

—No las cuidas, ¿para eso te las llevas? ¿Viste cómo trae el vestido tu hija? A ver cómo me regresan el otro, si es que lo vuelvo a ver.

—No exageres, yo vi el vestido bien, no pasó nada.

—¡Cómo que no pasó nada! No te fijas. Esos vestidos son caros, para que lo sepas.

—Ya lo sé, lo que no sé es para qué se los compras si ni le gustan.

—Pues para que aprenda a vestirse. No querrás que ande de mamarracha. Y luego se te ocurre llevarlas a los juegos, en lugar de que las lleves, no sé, a un museo. Siempre andas diciendo que lo más importante es la cultura, ¿no?

—Están muy encerradas y yo también quería tomar un poco de aire.

—Ahora resulta que no me soportan… Sólo falta que me eches la culpa de sus toqueteos obscenos.

—Son niñas. Hablemos con Casandra.

—No, ni una palabra.

La niña apretó los ojos. Ya no estaba soñando. De nuevo escuchó la chicharra de la escuela. Con frecuencia se abstraía tanto que ya no identificaba las palabras. A veces los escuchaba como si estuvieran ladrando; otras, como el ruido de una locomotora o como la chicharra de una escuela.

Prima no volvió a visitarlos. Cada vez que Casandra quería preguntar por ella algo se le atoraba en el estómago y el presentimiento de cometer una insensatez la frenaba de golpe. En pocos meses terminaron la primaria y Casandra supo de ella años después, cuando Prima se ocupó de mamá.

Pensaría, en noches de insomnio, que quizá Prima era una mejor compañía para mamá. No se parecían tanto y las diferencias las acercaban. Intentaban comprenderse o al menos aceptarse y eso causaba una ternura mansa, sin expectativas ni reproches. En cambio, Casandra y mamá eran parecidas, aunque se creyeran tan distintas una de la otra.

A Fernando nunca le confió ese incidente. Ni siquiera estaba segura de que hubiera ocurrido. ¿Qué tal que lo había soñado? Cuando Fernando descubrió que Prima llamaba para darle informes, le preguntó por qué nunca había hablado de ella.

—Tan sola no está, entonces, y qué bueno. No entiendo cómo alguien se echa una responsabilidad tan grande.

—Tampoco yo lo entiendo.

—Lo importante es que estés tranquila y que no olvides que cuentas conmigo. Por favor, platícame lo que te diga; no es bueno guardarse cosas que puedan lastimar.

Casandra afirmó con la cabeza y pensó que quizá el incidente de niñas tendría algo que ver con la devoción de Prima. ¿Acompañaba a madre por culpa? ¿Era su forma de disculparse, de pedir perdón, de redimirse?

Fernando, comprensivo y tolerante, la escuchaba sin esgrimir opiniones ni juicios. Permanecía alerta cada vez que

Prima o una vecina llamaban para darle noticias o quejarse.
Con el tiempo las llamadas disminuyeron. El fantasma vivo
de mamá la visitaba con frecuencia y Casandra lo mantenía
a raya con un obstinado silencio.

¿Y Fernando qué dice?
…
¿Cómo de qué? De lo que me estás contando.
…
Yo sé que no estás loca. Y él es tu compañero.
Es importante, deberías contarle.
…
No lo vas a espantar y si se espanta entonces quiere
decir que no te quiere.
…

Tú misma dices que los secretos son un lastre
y que siempre salen a la luz. ¿Te acuerdas?
…
No, mi situación no era peor, creo que hasta
era menos grave.
…
No dejes pasar mucho tiempo, las cosas que
no se dicen se acumulan, crecen y se transforman.
Luego uno ni se entera cómo llegan a tanto.
Sé lo que te digo.

La última vez que salieron como familia fueron de compras.

—Casandra necesita un vestido para la salida de la primaria —las súplicas de Casandra no convencieron a mamá de lo contrario.

—No quiero nada, en serio.

—Todas van a estrenar, ni modo que vayas como una pordiosera —zanjó mamá y le puso un vestido hampón para que no la vieran feo en las tiendas.

Caminaron horas. Mamá escogía modelos, miraba precios, calculaba, pensaba en zapatos, quizá medias. Casandra se dejaba hacer y a todo decía que sí. Mamá nunca estaba convencida del todo:

—Vas a crecer, ese color no se puede usar todos los días, hay que pensar en los zapatos, no podemos gastar tanto, tienes muy mal gusto, debes aprender a vestirte.

Casandra estaba abrumada y cuando mamá le ponía dos modelos enfrente decía que los dos le gustaban.

—Qué difícil eres. Nada te gusta.

—Pero acaba de decir que cualquiera de los dos está bien —secundaba Padre, aburrido y cansado.

—¿Tú la viste entusiasmada, convencida? Ni siquiera sonríe.

Después de horas, Casandra obtuvo un vestido nuevo y zapatos de charol negros. Padre y mamá iban delante, muy juntos. A veces se rozaban la cadera en un paso o sus manos se juntaban unos segundos. Las señales de afecto no duraban: mamá lo esquivaba:

—Suéltame, ¿qué van a pensar de nosotros?

—Pues que somos esposos, ¿no?

Pero mamá no cedía, le parecía de mal gusto andar por la calle pegados.

Casandra recordaría después el menú, los juegos, el baile, el vértigo de saberse en plena metamorfosis, las hormonas en plena ebullición. Del vestido, en cambio, nunca ha estado segura ni del color.

Le dolía su ausencia. Un profundo desconcierto la obligaba a sentirse incorpórea y ausente. No experimentó el temido derrumbe. El suelo se movía bajo sus pies con la misma cadencia de siempre; los susurros de mamá no aumentaron de volumen; la cabeza permanecía obstinada sobre sus hombros, sin rodar lejos de ella. El duelo padecido durante años de separación asomaba tímido y distante. Mamá ya no estaba, su cuerpo, voz, esencia.

A veces se preguntaba qué hubiera ocurrido si hubiese permanecido a su lado. ¿Se habrían matado mutuamente? ¿Se habrían entendido en algún momento? ¿Mamá habría dejado de beber? ¿Casandra se habría convertido en su compañera de juergas? ¿Una buena o una mala?

Cuando tiró cosas, remodeló y hasta ejecutó una limpia en el departamento, creyó haber exorcizado el espacio. Luego pensó que se había dejado convencer con demasiada facilidad por Fernando. Después decidió que se sentía bien, a pesar de los esporádicos recuerdos que se desvanecían casi tan pronto como llegaban. Su antiguo cuarto, ahora convertido en estudio, le brindaba una especie de protección divina. Ahí dentro sentía el amor de mamá, la manía protectora y su inconfundible humor negro.

Fernando tenía razón, se dijo Casandra en cuanto abrió los ojos. No tenía caso enemistarse con las vecinas. Con la deuda saldada, dejarían de echarle indirectas cada que las topaba en las áreas comunes o en la calle. Al fin dejaría de escuchar el absurdo coro lastimoso de quejas y contradicciones:

—Ay, tu mamacita que ya no podía ni con su alma se gastó el dinero del edificio.

Como si el edificio fuera un ente vivo capaz de darse cuenta de que le hace falta que le inviertan un *dinerito* que la señora del departamento del tercer piso no pagó, como si pudiera redactar una queja, pensaba Casandra y les sonreía sin contestar. O:

—La pobre de tu madre aquí sola, ya no tenía cabeza para nada ni para cumplir con su obligación como buena inquilina. ¡Todo lo que quedó a deber!

O:

—De haber contado con las contribuciones completas ya hubiéramos cambiado los tinacos, pero ya ves que tu mami apenas podía con ella misma.

La aparente amabilidad la exasperaba. Cuando recién se mudó, hicieron una reunión para darle la bienvenida, y aunque hubo sándwiches, refresco y hasta pastel, se la pasaron hablando de lo mala persona que fue mamá. Contaban anécdotas en las que aparecía como una bruja. A cada rato le decían: "Pobre de ti, aguantar todo eso, tan chiquita, tan vulnerable, tan sola". En silencio agradeció a mamá haberse convertido en una bruja con esas mujeres que fingían ser buenas personas. Para cambiar de tema o al menos paliar un poco el ataque en grupo, les preguntó por sus maridos. En algún momento de la reunión cayó en la cuenta de la ausencia de hombres. Entonces se enteró de que los maridos habían muerto y prácticamente todo el edificio estaba habitado por mujeres solas, la mayoría de entre sesenta y setenta años, con sólidas ideas preconcebidas y en una inquietante y perpetua concertación en ires, venires, dichos y opiniones.

Intentó recordar a los esposos sin éxito. Sólo se veían por el edificio los fines de semana, en general, con cara de pocos amigos, como si estuvieran de paso por sus familias y les molestara hacer esa visita incómoda y agotadora.

Mamá y Padre trabajaban todo el día, y Casandra solía pasar varias horas sola. Casi a diario se aparecía una vecina para saber si estaba bien, necesitaba algo o ya había comido. Mamá dejaba una gran cantidad de comida preparada en el refrigerador, había dinero para emergencias y una lista de números telefónicos en caso de necesidad. La niña estaba acostumbrada a la soledad y le fastidiaba la recurrente intromisión de esas escandalizadas mujeres solícitas. Confirmaba que estaba bien y que no necesitaba nada, gracias. Pasaba largas horas en su cuarto, con el libro en turno; muchas veces mirando al techo y fantaseando con estar en otro sitio; con frecuencia sostenía largas y complejas conversaciones con seres de otras dimensiones, cuyas visitas mantenía en secreto absoluto.

Nunca confesó que estaba mucho mejor con la ausencia de los padres porque la presencia de ambos podía explotar en cualquier momento en mil pedazos y salpicar de odio y reproches todo alrededor, y que entonces procuraba encerrarse en su habitación, privilegio bendito, a contarse historias de niñas que se convierten en libélulas y vuelan libres y se aparean y luego dejan sus huevos en el fango para renacer en ninfas.

Entonces anhelaba convertirse en un ser hermoso que nunca envejece y siempre está entre una criatura y otra, una ágil y joven que disfruta, otra adulta y amargada a punto de morir.

Cuando discutían era como si se hicieran pedazos a mordiscos y sus diminutas partes volaran por todo el departamento para luego volver a juntarse en un caos que los hacía irreconocibles. Los motivos de las disputas eran tan disparatados como inesperados: una toalla mojada sobre la cama, un retraso mínimo, un plato mal lavado, un gesto de impaciencia, un programa de televisión, una estación de radio, una arruga en la camisa, un gesto de impaciencia, gotas de orina fuera de la taza del baño, una mancha en el sillón, un gesto de impaciencia, ropa sucia debajo de la cama, comida descompuesta refrigerada en un tóper, pelos en la coladera de la regadera, un gesto de impaciencia.

—¿Y esa cara?

—¿Cuál cara?

—Esa que acabas de hacer. Apenas llegas y ya estás harto. ¿Te fastidia tu propia familia o qué?

—Claro que no. No hice cara de nada, ¿de qué estás hablando?

—Te conozco muy bien y sé lo que quiere decir esa cara.

—Pero acabo de llegar, vengo cansado.

—Si te fastidiamos tanto, no sé qué haces aquí.

Cuando el motivo de la disputa era la hija, le daban unos deseos inmensos de desaparecer. Y lo intentaba. Se metía hecha un ovillo debajo de la cama, trataba de no hacer ruido y de no respirar. Le cortaste mal las uñas, no la peinaste, se le pegaron los piojos, le permitiste ir andrajosa a la escuela, no le prepararaste el lunch, cómo se te ocurre firmar para que vaya a una excursión tan lejos, olvidaste comprarle el medicamento.

Aunque procurara seguir las estrictas reglas de casa y les recordara las tareas que ellos se habían repartido en cuanto a su cuidado, siempre había un estallido de cólera que rememoraba historias pasadas y desconocidas para Casandra, en las que intervenía gente fantasmal cuya existencia ella ignoraba.

Tiempo después entendió que el enamoramiento y el respeto se habían disipado quién sabe cuándo, que a la niña le tocaba presenciar el desmoronamiento de algo que no funcionó y que además ella representaba un obstáculo para las vidas que Padre y mamá anhelaban vivir lejos el uno del otro.

Luego de preguntar por los maridos, las vecinas se ensimismaron en un silencio prolongado. Quizá a pesar de que se saludaban todos los días y se visitaban con alguna frecuencia, no se conocían. Conocer al otro implica un compromiso y muchas veces adentrarse, aunque sea un poco, en las primeras capas del alma puede resultar aterrador o infinitamente triste. Hallar particularidades puede suponer un alivio, pero otras veces se convierte en una alerta, como esas cosas desconocidas que miramos y que pensamos que no deben estar ahí, no sabemos el motivo ni contamos con suficiente información para deducirlo; pero algo en el instinto dice que no, que eso definitivamente no debería estar ahí.

—¿Se reconocían en mamá?

Casandra hizo la pregunta casi en silencio con un ligero temblor en los labios. Luego, al unísono, como si hubieran

salido de un sopor al mismo tiempo, parlotearon del mercado, de lo caro que se estaba poniendo todo, de lo difícil que
es llevar una casa con orden y disciplina. Se interrumpían
sin escucharse, articulando un coro siniestro y desesperado.
Luchaban contra el silencio, un silencio que las había trans-
portado a un lugar que las abrumaba y del que necesitaban
escapar enseguida.

¡Pinches viejas!
...
¿Y eso qué? ¿A poco mi vecina Esperanza es así de culera?
...
¿Y aun así piensas quedarte a vivir ahí? Yo ni de loca,
la verdad.
...
Entre que el departamento tiene mala vibra y las vecinas
metiches, no vas a durar ahí mucho. Además, tú trabajas
en casa. Fernando como sea está todo el día fuera, ¿no?
...
¿Te acuerdas la de problemas que tuve cuando viví en Tlalpan,
en los condominios esos? Casi me vuelven loca, te sabes bien
la historia.
...
Eso dices porque no estuviste ahí.
...
A ver cuánto aguantas, ya te conozco, mucha paciencia
tampoco tienes.

Un par de días después de que Fernando saldara la deuda, Casandra se topó con Olga.

—Ay, mi hijita, qué atento tu marido; de un jalón pagó lo que tu mamacita, en paz descanse, quedó a deber —hizo la señal de la cruz y continuó—. No tienes idea del gusto que nos da que el departamento quede en buenas manos, con buenos vecinos. Tu mami era excelente vecina, una lástima, de verdad una lástima, tan joven —se cubrió los ojos, parecía a punto de llorar y subió las escaleras con pesadez, como si cargara con el cuerpo de mamá en su espalda.

Un profundo malestar enturbió el resto de su día. El cambio de actitud con respecto a mamá fue por dinero y porque ahora ya no estaba sola, Fernando vivía con ella, y dadas las evidencias, ahora la acompañaba un hombre razonable que se haría cargo de Casandra y sería condescendiente con las vecinas.

Años atrás, Padre y mamá fueron invitados a la reunión anual de los vecinos. Un acontecimiento que pretendía mejorar la integración, motivar la buena convivencia y el respeto, al menos eso decían; pero invitaban a los nuevos vecinos sólo cuando sentían que se lo merecían, bajo términos volubles y mezquinos. Al recibir la invitación, al menos coincidieron en una cosa: no deseaban asistir. Hablaron, gritaron, discutieron y al final acordaron asistir. Mamá le llamó a uno de sus hermanos para que cuidara a la niña.

—¿Para qué llamas a tu hermano? Vamos a estar en el edificio y ella siempre se queda sola.

—Ay, no, ni lo pienses. Por trabajo está bien, qué van a pensar las vecinas si la dejamos por ir a una reunión.

—Como quieras.

Casandra tendría unos siete años. En cuanto el tío llegó, se apoderó del control remoto de la televisión y se quedó dormido. Ella permaneció un rato pegada a la ventana de la cocina que daba al cubo a través del que se comunicaban los demás departamentos por si lograba escuchar algo; aunque llegaba un poco de música y conversaciones lejanas no logró enterarse de nada y se fue a dormir. Horas después la despertó una especie de murmullo parecido a un enjambre de avispas que se acerca rápida y peligrosamente. Cuando despertó del todo, se precipitó a la sala. Mamá y Padre gritaban y se movían por la estancia evitando el contacto físico. El tío, espantado, andaba tras de uno y otro, intentando que al menos uno recobrara la tranquilidad. No lo consiguió. Acabaron la noche aventándose cosas, el tío se refugió en el cuarto de la niña y pretendió consolarla:

—No te preocupes, todo está bien. Son cosas de adultos.

Al final, como la pelea no menguaba, el tío se quedó dormido en el suelo y la niña acurrucada debajo de la cama. Nunca volvieron a invitarlos a las reuniones anuales.

La despertó la carcajada de mamá. La escuchó tan claro como si tuviera su boca pegada a la oreja. Se levantó de un salto y corrió a la sala porque también escuchó pasos. Quién sabe qué pensaba encontrar. No había nadie. Fernando se levantó tras ella y prendió la luz.

—¿Estás bien? ¿Qué pasa?

—Escuché algo.

—Me pegaste un susto.

—Lo siento —dijo mientras miraba alrededor, todavía convencida de que vería algo: las largas uñas pintadas de rosa tamborileando alrededor del vaso de cristal cortado hasta el tope de licor, los zapatos de tacón al pie del sofá, la bolsa de piel colgada en el perchero de la entrada, el cigarro encendido a medio consumir.

—Vamos a acostarnos —la jaló del brazo. Ella se dejó llevar sin apartar la mirada de la estancia.

Al otro día, domingo, los despertó el timbre. Se metieron bajo las cobijas y pretendieron no estar. Luego de tanta insistencia Casandra abrió la puerta.

—Ay, hija, no abras así. Tu madre siempre tan recatada —usaba un short y una playera holgada como piyama. Cruzó los brazos y miró molesta a Irene—. Sólo te vengo a pedir, por favor, que cuando subas a la azotea cierres con doble llave —desde que era niña recordaba a esta vecina menuda y nerviosa que lavaba ropa, trastes, cocinaba, corría al mandado, a la tintorería, por un refresco a la tienda.

—Me acabo de despertar.

—Ya sé, pero el otro día dejaste la puerta abierta.

—Está bien, no se preocupe. Buenos días.

Le iba a decir que el que dejó la puerta abierta fue Fernando, pero le pareció absurdo. También le iba a preguntar por qué no dijo nada cuando ocurrió, hacía casi una semana.

Irene detuvo la puerta con la palma de la mano y agregó:

—Todos los viernes por la tarde nos reunimos en mi departamento para convivir y estar al día. Te esperamos, no traigas nada, nosotras nos hacemos cargo —dio media vuelta y se marchó sin esperar respuesta. Casandra regresó a la cama y le dijo a Fernando que debían cerrar la puerta de la azotea cada que subieran.

—Qué exagerada. No le hagas caso —contestó Fernando y se acurrucaron de nuevo.

¿Ves? Te lo dije.
...
Ese departamento tiene mala vibra.
...
En cierto modo, ¿no? A mí, la verdad, me daría miedo. Pero en una de ésas es un espíritu chocarrero de buenas intenciones.
...
Sí, acuérdate de la vez que Antonio y yo...
...
Está bien, está bien. Ya sé, qué fastidio, pero es que es la única vez que me ha pasado algo de ese tipo. En serio.

Fernando pasaba todo el día en la universidad, en cambio, Casandra se quedaba en casa y sólo concurría una o dos veces por semana a reuniones de trabajo. Los días que no asistía al entrenamiento de danza ni a las juntas se la pasaba en piyama y sin bañar hasta poco antes del regreso de Fernando. A pesar de los recuerdos acumulados en el departamento, se sentía protegida en el estudio, una especie de nido cálido y solitario de su infancia donde recordaba las interminables charlas imaginarias. Si necesitaba ir al súper sólo se ponía un pantalón sobre la piyama, salía en chanclas y sin peinar. Si entrenaba, se quedaba con el pants medio roto hasta que el sudor se convertía en una minúscula película pegajosa en el cuello y espalda con un tufo agrio en los días de calor. Le encantaba esa libertad de no estar sometida a un código de higiene y vestimenta que mamá siempre trató de inculcarle.

—¿Qué va a pensar de ti la gente? Imagínate que te ocurre un accidente y los paramédicos se dan cuenta de que traes los calzones rotos o que andas sin medias o que no planchaste la ropa.

Casandra, nerviosa, se carcajeaba: ¿cómo podía preocuparse más por el qué dirán que por el supuesto accidente?

Un viernes, Fernando la interrumpió mientras le mostraba su colección de árboles que podrían plantar en el terreno:

—Qué mal que dejes plantadas a las vecinas. Son un poco fastidiosas, pero no son malas. Les hubiera caído muy bien sangre nueva.

—¿Qué?

—No puedo creer que no hayas ido.

—¿Y tú cómo sabes?

—Me encontré en las escaleras a Irene y me dijo que las dejaste plantadas. Estaba muy sentida.

—Yo no le confirmé, si ella dio por un hecho que iría es su problema. Mira, encontré una página buenísima de plantas de huerto y de ornato.

Fernando la miró perplejo y agregó:

—En serio, mientras estemos aquí, creo que sería bueno colaborar con las vecinas. Ya ves que desde que pagué la deuda son menos latosas, ¿no?

—Ay, está bien, si no tengo juntas voy la próxima semana —lo dijo por decir. Como él nunca estaba se le hacía fácil hacer compromisos y prometer sin involucrarse. Ella ni loca iría. Entonces le mostró lo que había averiguado y ambos elaboraron una lista de árboles que les gustaría plantar. Organizaron una huerta virtual y adquirieron por internet libros para agricultores principiantes.

—Si dejas la ropa bajo la lluvia se apesta; además, da comezón y les puede salir un salpullido —dijo Irene cuando se la topó en la azotea. Casandra la miró consternada y la mujer agregó—: El martes no bajaste la ropa cuando empezó a llover y la quitaste hasta el otro día; eso no es bueno ni para la ropa ni para ustedes. Tu madre nunca hizo algo parecido.

Mamá se esmeraba en meter la ropa separada por colores una vez a la semana y plancharla con cuidado. Le enseñó el arte, así le decía ella, de planchar una camisa, una blusa con holanes y una falda tableada a la perfección. Nunca lo logró. Mamá la acusaba con papá, le decía que la niña lo hacía a propósito para no ayudar en esa tarea fastidiosa pero indispensable para andar por la calle y por la vida presentable. Cuando la situación con papá se volvió insostenible, metía la ropa de cualquier manera a la lavadora y ahí la dejaba hasta que ya no había calzones o calcetines limpios; la sacaba medio húmeda y apestosa, y uno la tenía que usar así, arrugada y descolorida.

Miró a la vecina sin saber si insultarla por entrometida y mentirosa o de plano carcajearse en su cara. Optó por lo segundo. El rostro de Irene enrojeció y se esponjó, luego chasqueó la boca ofendida y se marchó con su cesto rebosante de ropa seca, perfumada y perfectamente doblada.

Yo la hubiera mandado a la chingada.
…
Pues a ver cuánto aguantas.
…
Y tú de mecha muy larga. Viejas metiches.
Deberías de ponerles un alto desde ahora, después
va a ser más difícil y la mala de la película vas
a ser tú.
…
¿En serio? A ver, cuéntame cómo va lo del terreno…
y lo del libro.

El viernes siguiente Casandra asistió a la reunión. Le pareció buena idea distraerse de una traducción complicada y despejar el embrollo de palabras. Sus expectativas se vieron frustradas: no logró concentrarse, no escuchó nada de lo que dijeron. De pronto, encontró la palabra correcta para la traducción en la que trabajaba y regresó a toda prisa al departamento casi sin despedirse.

—Oye, que dejaste a las vecinas con la palabra en la boca —dijo Fernando el mismo viernes mientras cenaban.

—Justo me vino a la cabeza la palabra que necesitaba; no pensé que se lo tomarían tan mal. ¿Cómo sabes?

—Me encontré a Olga cuando estacioné el coche y me jaló del brazo para contarme en susurros cómo habías salido de su casa; creyó que algo malo había ocurrido. Hasta quería llorar.

—Vieja metiche. No le hagas caso, siempre está dizque llorando. ¿A poco no te has dado cuenta de que es parte de su personalidad?

Ya en la cama, Fernando tomó sus manos entre las suyas, solemne y conciliador.

—Mi vida, yo creo que sería bueno que fueras el siguiente viernes, es más, todos los viernes hasta que nos vayamos. No te cuesta nada, a menos que tengas mucha chamba. Pienso que si les das un poco de atención te las echarás a la bolsa y seguro te apoyarían si necesitaras algo. Yo iría, pero a mí no me invitan, saben que trabajo —Casandra alzó los ojos con fastidio y suspiró. ¿Acaso yo no?, pensó y una especie de fuego le quemó el pecho.

—Está bien, pero sólo porque nos iremos pronto —contestó sin convicción, giró para darle la espalda, jaló las cobijas y se quedó dormida.

Días después se encontraron a Irene en el puesto de quesadillas:

—Nos vemos mañana, querida. No traigas nada, ya sabes que te esperamos con los brazos abiertos y todo lo necesario para pasarla bien.

Antes de que ella pudiera contestar, Fernando dijo:

—Por supuesto, vecina, mañana ahí la tienen: sangre nueva.

Clarito vio, aunque Fernando lo negara con exagerada

vehemencia, que se echaron ojos, como las direccionales de un carro.

—Sangre nueva, tu cola —le dijo cuando cerraron la puerta del departamento.

El viernes se encontró rodeada de mujeres que se interrumpían sin cesar. Le daban recomendaciones acerca de los mejores puestos para comprar en el mercado, qué tintorería era la buena, cómo lavar el baño, a qué hora meter la ropa a la lavadora. Le compartieron el calendario y horarios, sincronizados entre todas, de limpieza, planchado y lavado, de cita con el estilista, con el pedicurista. Casandra no estaba segura si la exaltación de las mujeres se debía a la atención que les profesaba o si era la dinámica habitual. También hablaron mal de las vecinas de otros edificios, de los vecinos que estorbaban la entrada del estacionamiento y hasta del empleado de la recolección de basura que no cumplía con los estrictos y descabellados horarios que intentaban imponerle. Casi al final, cuando los temas parecían haberse agotado, criticaron el peinado abigarrado de Amelia, ahí presente, por querer aparentar menos edad.

—No me peino así por parecer más joven, lo hago porque es un peinado elegante, sencillo y porque estoy acostumbrada, así me peino desde antes de casarme.

Su peinado era uno de esos pomposos de salón, laborioso y complejo con mucho crepé y espray. Si se lo hacía desde antes de casarse, eso quería decir que usaba el mismo estilo hacía por lo menos cuarenta años.

—Este peinado le gustaba a mi marido —remató.

Las mujeres observaron el alto crepé que parecía un nido de avispas y para no mencionar que el marido la había abandonado cuando sus hijos eran pequeños, Olga cambió el tema:

—Opino que lo más conveniente para todas es que firmemos la petición para exigir que se vaya la muchacha nueva y sus amigos. Al menos dos veces por semana arman alboroto y no hay quien duerma. No sé cómo no se le ocurrió a Susanita dar instrucciones para que el departamento quedara en buenas manos.

La vecina más anciana, Susanita, había fallecido semanas atrás luego de una larga y complicada enfermedad, y sus hijos habían rentado el departamento a un grupo de muchachos.

—Yo sí duermo —respondió Casandra, molesta. Es cierto que dos veces por semana hacían reuniones, se escuchaba música y jolgorio, pero el ruido no era para tanto y casi siempre paraban poco antes de medianoche.

Casandra recordó a Susanita, una mujer fiestera y dicharachera; la única vecina amable con mamá. A veces pasaba al departamento por una copita, como ella decía. Las mujeres cuchicheaban, relataban experiencias de infancia, se hacían confidencias y reían a carcajadas. Luego de algunas horas, la vecina volvía corriendo a su hogar para esperar al marido. Cuando no lograba llegar antes que él, mamá y Casandra escuchaban la bronca que se armaba aguantando las carcajadas para no perderse una palabra. El esposo la tachaba de borracha y desobligada. Ella apelaba a los largos días haciendo siempre lo mismo, sin salir y sin otro divertimento que la televisión que la dejaba con la mente embotada y los nervios reventados. Les causaba gracia que el marido la considerara una borracha.

—Imagínate si yo fuera su esposa —decía mamá y las dos se sostenían las panzas doloridas de tanta risa.

Las mujeres la miraron con reprobación y Olga agregó:

—Es por el bienestar del edificio; debemos velar por la tranquilidad y las buenas costumbres —todas afirmaron en silencio con gesto solemne, pero Casandra se mantuvo firme y pasó la hoja sin firmar.

—A Susanita le habría gustado tener inquilinos así —dijo con convicción, pero nadie pareció escucharla.

De las profundidades de su memoria aletargada pescó una noche de regreso de casa de los abuelos maternos. Casandra se quedó dormida en el carro. Alguien intentó despertarla, pero fingió sueño profundo para que Padre la subiera en brazos. Atrás, mamá maldecía en susurros. En cuanto se cerró la puerta del departamento, los susurros cobraron la fuerza de alaridos:

—La vas a malacostumbrar y cuando se encuentre con un hombre como tú y se case y vea que las cosas no son de color de rosa, a ver cómo lo resuelves.

La niña abrió los ojos y se encontró con la mirada extraviada de mamá, que no presagiaba paz. Intentó ir a su cuarto. No llegó. Alguien la cargó y la sujetó con tanta fuerza que le hizo daño. No lograba aspirar suficiente aire para que los pulmones se llenaran. Luego Padre y Susanita la arrebataron de los brazos de mamá y Susanita la llevó a su departamento. La niña no quería ir, quería quedarse con mamá, aunque le hiciera daño. Creía, todavía en ese momento, que quizá su presencia y cariño podrían consolarla.

En lugar de proporcionar tranquilidad y sosiego, la niña se sintió atemorizada en cuanto traspasó el umbral. La dimensión y disposición de los espacios eran iguales al departamento familiar, pero por algún conjuro mágico el espacio de Susanita parecía mucho más pequeño. Los muebles de madera rústica eran enormes y los asientos del comedor y de la sala demasiado altos. Incluso Susanita y su marido, que eran adultos, tenían que dar un saltito para acomodarse. Todas las paredes y superficies estaban llenas de angelitos de vidrio, al óleo, de metal, de mármol, de madera, de plástico, acuarelados, de latón, de porcelana. La pareja se encargó de entretenerla; en piyama y con alas de plumas blancas, interpretaron una bizarra obra de teatro. Preguntaban y respondían cosas que no tienen una única respuesta: ¿qué es la vida? ¿Dónde se encuentra el amor? ¿Cuáles son las bondades de la amistad? ¿Qué es malo? ¿Qué es bueno? Casandra nunca compartió su experiencia con nadie.

—Bueno, pasemos a temas alegres. Se acercan las fiestas patrias, el Día de Muertos, el aniversario del edificio, Navidad y fin de año. Les pido que planeen lo que cada una aportará a nuestras celebraciones; acuérdense de que ya es una tradición. Para la próxima reunión, necesitamos contar con sus propuestas —Irene sonrió y empezó a recoger los platos y las tazas. Las demás ayudaron y, mientras trajinaban en la cocina, Casandra regresó a casa aturdida, como si le hubieran dejado mucha tarea en la escuela.

—¿Cómo te fue? —preguntó Fernando en cuanto la vio entrar.

Casandra resumió la junta al máximo.

—Por supuesto que no firmé la petición para echar a los vecinos.

—No, claro. Hiciste bien. No es para tanto.

Ya caíste, mana. Con que no se te haga costumbre.

...

Qué flojera, la verdad, ¿y no puedes decir que tienes otros compromisos o algo?

...

No tendrían por qué ofenderse, sólo eso faltaba.

...

Eso dices. Por cierto, el otro día te soñé.

...

Yo creo que me quedé con las historias de tu mamá o no sé. Soñé que estabas en el otro departamento, el chiquito donde vivían antes; yo llegaba de visita, pero no me hacías caso porque había alguien que yo nunca veía pero que acaparaba toda tu atención. Yo me enojaba, pero tú inmutable, como si nada. Desperté de malas, la verdad.

...

No te burles. Sentí feo.

En los días siguientes, Fernando, como si hubiera estado en la reunión, acató los horarios de las vecinas: metió ropa a la lavadora en la noche, la arrastró al súper el miércoles en cuanto volvía de la oficina. Luego de pagar en la caja, ella con prisa y él jalando el carrito lleno, dijo:

—Firmé la queja de las vecinas.

—¿Qué?

—Sí, firmé. Hay que admitir que son insoportables.

—A mí no me lo parecen. Qué ridículo eres, Fernando, pareces anciano —contestó indignada—. Y espero que hayas firmado a tu nombre, porque yo no estoy de acuerdo.

—Firmé a nombre del departamento, todos estamos de acuerdo.

—Tú mismo dijiste que no era para tanto. ¿Qué te hizo cambiar de opinión? Pudimos hablar antes. No puedo creerlo. Mejor ni me hables.

Al llegar a casa estaba tan furiosa que le costó trabajo concentrarse en el trabajo pendiente. Cuando al fin terminó quiso encararlo, pero necesitaba reflexionar. Fernando siempre la consultaba, tomaban decisiones juntos, procuraban intercambiar opiniones cuando no estaban de acuerdo y por lo general quedaban conformes. Casandra sintió que algo se había roto, algo pequeño, un adorno que podría parecer insignificante pero que cumplía una función crucial en el orden de lo invisible.

Observó de reojo a Fernando: ¿quién es éste?

Un día, Noemí la invitó a un parque de diversiones para celebrar su cumpleaños. Su mamá llevaría a un grupo de niñas y se encargarían de los gastos y la vigilancia. Casandra, feliz, les avisó a mamá y Padre que iría; quién sabe por qué creyó que el permiso estaba concedido aun antes de pedirlo. La respuesta categórica y definitiva de Padre fue "no". Mamá alzó los hombros en un abierto reconocimiento que ella no tenía la última palabra. Rogó, prometió, rogó otra vez y prometió que sacaría las mejores calificaciones al final del ciclo escolar y que haría el doble de las labores domésticas.

—Tú te quieres divertir, ¿verdad? —preguntó y sin esperar respuesta, agregó—: Pues yo no quiero que te diviertas.

Muda y confundida, la niña acudió a mamá por ayuda con la mirada, pero ella la esquivó sin despegar los ojos de la televisión. Padre era una figura ausente que no se ocupaba de permisos ni cuestiones domésticas. La niña y la casa eran dominio de mamá. ¿Y entonces?

No insistió. El día del paseo se escabulló y se trepó feliz a la camioneta llena de niñas.

Cuando regresaron, la mamá de Noemí intentó hablar con Padre. Poco antes de entrar a la colonia, Casandra le confesó lo ocurrido entre carcajadas nerviosas y ella se ofreció a hablar con él. Venía de buen humor luego de un día espléndido y le pareció que podría convencerlo de que lo que la niña había hecho no tenía importancia y que además se habían divertido. Casandra le agradeció en silencio sin atreverse a decirle que, precisamente, eso de la felicidad a Padre no le iba a gustar nada.

La mamá de Noemí subió las escaleras con el resto de las niñas que debía repartir en sus hogares para suavizar a Padre, que rehusó hablar con ella y, después de jalar a su hija, le cerró la puerta en las narices. El castigo de Casandra consistió en un encierro en su habitación sin juguetes, libros ni oportunidad de salir a ver televisión a la estancia. Padre mantuvo ese castigo durante meses de acuerdo al humor con el que llegaba a casa. La niña lamentó la falta de libros. A veces, las conversaciones que mantenía con las visitas imaginarias se tornaban oscuras y repetitivas; entonces intentaba recrear las historias de sus libros favoritos y cambiaba las situaciones. Con frecuencia, Padre y mamá aparecían en las narraciones.

Años después, Casandra pensaría que como Padre no le permitía a mamá divertirse, lo natural era que a ella tampoco se le permitiera. Y mamá, aunque no estuviera de acuerdo, jamás lo contradecía quizá para no herir un orgullo masculino anclado en una tiranía disfrazada de buena educación y mejores costumbres.

Cuando Susanita perdió al marido en un accidente de trabajo su comportamiento se volvió errático. Las vecinas murmuraban a sus espaldas cada que salía al mercado u otro mandado porque usaba alas de ángel. Cuando Casandra la veía, se alegraba por ser la única que conocía el secreto. Para las vecinas, en cambio, las alas representaban la inminente locura de Susanita.

Un día, ya con el marido difunto, fue con mamá para una copita en la noche. Casandra hacía tarea y las escuchó reír. Cuando Susanita se marchó, mamá le dijo que la pobre estaba perdiendo la razón y que pronto alguien tendría que hacerse cargo de ella.

—Cuando eso me pase, tú te vas a hacer cargo de mí, ¿verdad? No puedes dejar que enloquezca sola, tienes que enloquecer conmigo —luego soltó una carcajada aguardentosa, le dio un beso en la frente y se fue a dormir.

No logró conciliar el sueño de inmediato, se preguntaba qué habría querido decir. ¿Enloquecer juntas? Ni loca, pensó. Y luego abrió los ojos espantada: qué tal que la estaba acompañando a enloquecer desde que nació. Entonces recordó la primera imagen que guardaba de mamá. Casandra en la cuna, parada y con las manos aferradas a los barrotes, en mameluco, con el pesado pañal rebosante de orines y mierda, apestosa; mamá entrando al cuarto con paso lento, descalza con piyama de dos piezas, el cabello alborotado y la mirada perdida. La niña chilló como si hubiera visto el fin del mundo, el fin de su propio mundo. ¿Ocurrió? ¿Fue un sueño?

Susanita visitaba a mamá cada vez con más frecuencia, bebía su copita pero poco a poco dejó de hablar, las confidencias callaron, como si hubiera olvidado su pasado y se aferrara a un presente inocuo. Sorbía sin prisas, absorta en un pensamiento que se negaba a tomar forma para ser enunciado. Ni siquiera fingía escuchar y permanecía en silencio. Hasta que desapareció. Nadie la vio ir por el mandado o subir a la azotea a meter ropa a la lavadora o a fregar algún trapo. Usaron la llave de emergencia que resguardaba Amelia para buscar dentro de su departamento que estaba en orden, pulcro y desierto; parecía que ahí no viviera nadie. El celular, sin pila, estaba sobre la mesa del comedor. Las vecinas y mamá se organizaron para repartir volantes con su fotografía y filiación. Entonces Amelia escuchó ruidos en el cuarto de azotea de Susanita. Forzaron la cerradura y ahí la encontraron, al fondo, echada en un catre, en camisón y con las alas de ángel puestas. Parecía tan pequeña, casi como de tu estatura, le dijo mamá cuando regresó de la escuela y le contó lo sucedido. La llevaron a su cama y entre todas las vecinas la asearon. Un médico dijo que la señora estaba bien de salud y que seguramente estaría deprimida, quizá presentaba los primeros signos de demencia senil. Los hijos contrataron a una cuidadora.

Mamá le contaría a Casandra que a Susanita le encantaba relatar el periodo más feliz de su vida. Durante cuatro años tuvo un amante. Se veían a escondidas cuando ella iba al mercado, a pagar algún servicio o hacer una diligencia. Fue un amor lleno de pasión, de charlas y planes que jamás llevaron a cabo por la reticencia de Susanita, incapaz de abandonar al marido; temerosa de desatar la ira de Dios, avergonzada de que sus hijos la descubrieran, aterrada ante la opinión de los demás.

—Siempre se arrepintió por no haber acudido a la cita para al fin marcharse juntos lejos de aquí. Se arrepintió toda la vida, pero al menos conservó esas anécdotas que me compartía.

Casandra se preguntaría qué secretos le habría compartido mamá a Susanita, qué anhelos inconfesados, qué alegrías frustradas, los deslices, las pasiones. ¿Quizá un amante?

Mamá intentó visitarla varias veces, siempre con una botella de su licor favorito bajo el brazo, pero la cuidadora jamás la dejó entrar. Mamá regresaba indignada. Según ella, lo que Susanita necesitaba era un traguito y una buena charla salpicada de bromas picantes y carcajadas.

—Yo sabría darle consuelo. Yo la entiendo, no sé por qué piensan que soy mala influencia —decía mamá, dolida porque a las demás vecinas sí las dejaban visitarla.

Cuando Casandra ocupó el departamento de mamá se enteró de que Susanita seguía ahí. Las vecinas la visitaban de vez en cuando y aunque ella tenía el propósito de hacerlo, no se atrevía. Prefería recordarla con las alas de ángel; enfrentar su desvarío la atemorizaba. No quería ver en ese cuerpo delirante y maltrecho el eco de mamá, de su decadencia, de su soledad. Luego empeoró y Casandra se negó a verla en ese estado espantoso de abandono senil que describían las vecinas, prefería mantener la imagen que conservaba de niña: una mujer robusta y cariñosa, siempre pulcra y perfumada que coleccionaba ángeles y disfrutaba disfrazarse con alas y túnicas blancas. Temía ver reflejados en sus ojos los secretos de mamá. Le daba terror que Susanita tuviera un repentino ataque de lucidez y le contara cosas que prefería no saber. Le daba miedo el pasado compartido de mamá y Susanita. Presentía que su visita podría romper el poderoso vínculo que las mujeres construyeron durante años de amistad.

Pobre, ¿y de qué murió?
…
Pero no estaba sola, ¿o sí?
…
A mí eso de las cuidadoras me da escalofrío. ¿Te acuerdas de la Luzma que cuidó a mi abuela?
…
Lo malo es que cuando no bebía con nosotras, chupaba sola. De puro milagro no ocurrió una desgracia. Imagínate si le pasaba algo a la abuela.
…
Cómo la iban a correr, era la única a la que la abuela reconocía y hasta cariño le tenía.

Casandra decidió no asistir al funeral de Susanita. Las vecinas insistieron con llamadas a la puerta y al celular sin éxito. Estaba segura de que hablarían sin parar de la recién fallecida y que en cualquier momento mamá saldría en la conversación y no quería escucharlas, enterarse de nada, ni que la abrumaran con preguntas y comentarios incómodos. Se encerró en el estudio con la mirada fija al techo. Imaginó que tal vez Susanita y mamá estarían conversando y riendo a carcajadas acompañadas de una copita.

Dejó de ir a las reuniones semanales. Las primeras dos veces alegó motivos de trabajo. Luego, para evitar que las vecinas la buscaran en su departamento, salía, iba al bar de Sanborns a la hora feliz y leía hasta que calculaba que habrían terminado. Se familiarizó con los clientes. Una mujer en particular llamaba su atención: era muy delgada, debía tener unos sesenta años, siempre vestida de negro, con delineador grueso sobre los párpados y labios muy rojos. Pedía canciones al *piano man* que procuraba darle gusto. Ella bailaba lenta y cadenciosamente melodías de los setenta entre sorbos a su margarita. Otros dos parroquianos sentados a la barra pedían vino tinto barato que les servían de dos en dos y hablaban como si nada a su alrededor existiera. Era una pareja de homosexuales viejos a los que les gustaba rememorar el pasado; contaban anécdotas que les enrojecían el rostro y al mismo tiempo les provocaban carcajadas estruendosas. Un día le enviaron una cortesía. Casandra ya había sobrepasado su cuota diaria y estaba un poco mareada. Les agradeció con un brindis a la distancia. Mamá siempre decía que un trago nunca se le niega a nadie y, sobre todo, que un trago invitado tiene que ser consumido y agradecido.

—Ay, hijita, mira nada más cómo vienes —dijo Ruth que parecía acechar su regreso en las escaleras del edificio, justo al lado de su puerta—. Dime, con confianza, ¿estás bien? Nosotras podemos ayudarte, para eso estamos aquí. Igual que ayudamos a tu madrecita, que en paz descanse.

Casandra entró al departamento sin contestar, fingió no haber escuchado, no haberla visto ni olido su aliento rancio y axilas agrias.

¿Cómo se atrevía? ¿Acaso no podía hacer lo que se le diera la gana? La angustiosa sensación de estar bajo un ojo que juzga y castiga le palmeó la espalda, como si le diera la bienvenida de vuelta a la infancia. Había olvidado andar de puntitas y en silencio, llamar lo menos posible la atención, hacer como que obedecía siempre y esconder muy bien y muy hondo lo que deseaba, le gustaba y con suerte terminaba haciendo. De un tirón recordó el terror que le causaba ser descubierta en un acto reprobable o delatarse por un descuido. Ocurrió pocas veces. Mustia y maestra del engaño, sorteaba las melindrosas y contradictorias exigencias de Padre y mamá. De ninguna manera estaba dispuesta a regresar a ese estado permanente de alerta y miedo.

Soy una adulta, pensó insegura y una fuerte sacudida en el piso la tambaleó. La imagen de mamá acusada y señalada por las vecinas, por Padre, por el resto de la familia, le sacudió la cabeza.

La hubieras mandado al diablo, vieja metiche, qué
le importa. ¿Cómo se enteró?

…

¿Y qué? No me digas que le tienes que pedir permiso,
y menos a Fernando.

…

Ahora falta que quiera regañarte, el muy conchudo.

…

Me preocupa tu situación. Deberías mudarte de ahí
cuanto antes. ¿Qué ha pasado con la casa de campo?
¿Hay noticias? Espabílate.

…

Oye ¿y por qué no me has invitado al Sanborns?
Yo sí estoy muy sentida.

Después de casi un mes de intensas llamadas de las vecinas,
Padre y Prima decidieron hacer algo.

—Siempre fue difícil —dijo Prima al teléfono—. Pero
desde que Casandra se fue, todo empeoró.

—Tú sabes que traté de mantener nuestra familia unida.
Hice todo lo posible. Lo sabes, ¿verdad? —Padre se aferraba
a una narración falsa y cándida.

—Sí. Lo sé, tío. Yo no puedo hacerme cargo de ella todo el
tiempo. La procuro y voy a verla cada que es necesario, pero
no puedo quedarme a vivir con ella.

—Yo tampoco. Y no podemos esperar nada de Casandra.

—No, tío, ella siempre la defiende, pero ni se hace cargo
ni nada. Le dije lo que me contaron las vecinas y me acu-
só de complicidad con sus mentiras. Ya mejor ni le hablo.

—¿Llamaste a tu tía?

—Sí, quedé de visitarla el sábado. No le dije nada de las llamadas de las vecinas; tampoco le dije que iba a llamarte.

—Mejor. La sorpresa siempre es más efectiva.

El sábado mamá no mostró sorpresa por la presencia de su exmarido. Estaba muy guapa. Olía a perfume. Su rojizo cabello crespo estaba cuidadosamente cepillado y un flequillo redondeado hacia dentro le cubría la frente. Tenía los labios pintados de coral, usaba arracadas doradas y una cadena delgada con un dije de flor.

El interior del departamento lucía limpio y olía a lavanda. Los invitó a sentarse en la sala y les ofreció algo de beber. Sólo tengo café, tequila y vodka, no hay agua, aseguró y los miró con una sonrisa de adolescente pícara.

Padre y Prima se miraron desconcertados; no era lo que esperaban. Padre aceptó un café y Prima optó por un tequila. Mamá fue a la cocina y a los pocos minutos regresó con una bandeja de madera que papá nunca había visto. El café humeaba en una elegante taza de porcelana y los caballitos de cobre parecían contener un líquido verdoso.

Mamá cruzó sus piernas enfundadas en botas vaqueras y se acomodó la blusa de seda blanca antes de darle un trago a su tequila. Sonrió con dulzura y los labios bien apretados. Los miró atenta. Padre y Prima, aturdidos, sorbieron las bebidas.

Las vecinas aseguraron que mamá se la pasaba la mayor parte del tiempo ebria; que les echaba bronca a la menor provocación; que el departamento apestaba y que no guardaba decoro, siempre medio desnuda y desgreñada. Los niños le tenían miedo y los adultos la evitaban. Se estaba convirtiendo en un peligro, sobre todo para ella misma.

Mamá balanceaba la bota y jugueteaba con el dije de flor. De otro trago vació el caballito, fue a la cocina y regresó con la botella que colocó sobre la mesa.

—Te ves muy bien, tía.

—Mhm —mamá llenó su caballito a tope y preguntó—: ¿A qué vinieron?

—A visitarte, ver cómo estás —dijo Padre.

—Estoy bien.

—¿Estás segura, tía?

—Estamos aquí para ayudarte. No nos gustaría verte mal —agregó Padre.

—¿Me ven mal? ¿Estoy mal? ¿Qué me pasa? —mamá mostraba una tranquilidad estremecedora. Padre y Prima cada vez se sentían más incómodos.

—Ya sabes lo que puede pasar si…

—¿Si qué, hija? Si… ¿qué? —interrumpió mamá.

—¿Qué has estado haciendo? Me enteré de que te tomaste la jubilación anticipada. ¿No piensas buscar empleo o un pasatiempo? —preguntó Padre.

—Estoy disfrutando mi tiempo libre.

—¿Cómo? ¿Emborrachándote?

Mamá terminó el tequila de un trago y llenó el caballito una vez más. Le ofreció a Prima, pero ella puso la mano extendida sobre el vaso.

—No es la primera vez. Lo sabes. Es muy doloroso para todos. No quisiera que me obligues a tomar medidas enérgicas.

—No me puedes hacer nada porque ya no somos familia. Además, como pueden ver, estoy tranquila, ¿o no?

Años antes, cuando mamá tuvo un severo ataque de ansiedad luego de una discusión con papá, éste llamó a una ambulancia. Mamá gritó, pataleó. Los corpulentos camilleros apenas podían contenerla. La amarraron a una camilla y le inyectaron un calmante. Padre debía firmar papeles que autorizaran su traslado, pero se arrepintió a último momento y debió desembolsar dinero por la molestia, la pérdida de tiempo, el calmante. Es posible que se arrepintiera por el llanto desquiciado de la niña, quizá un destello del cariño que se tuvieron lo detuvo, tal vez sólo sintió miedo y el nacimiento de la culpa. Y aunque la amenaza repetida durante años nunca se convirtió en realidad, la disonancia de mamá que eructaba cada vez con más fuerza, primero a través del extravío de su mirada y luego de sus emociones, se intensificó hasta hacerse irreversible.

Mamá descruzó la pierna y cruzó la otra. Suspiró y vació el caballito. Cuando estaba por llenarlo, Padre se lo arrebató:

—Ya basta. A esto es a lo que me refiero. ¿No querrás que llame a una ambulancia?

Sus palabras no surtieron efecto. Mamá lo miró como si no existiera, sus ojos empezaban a adquirir un brillo demencial que contrastaba con su actitud amable y mansa.

—Así que como buena familia se pusieron de acuerdo para venir a rescatarme. Creí que íbamos a salir a divertirnos, eso dijiste por teléfono —Prima bajó la mirada apenada.

Mamá les pidió amablemente que se retiraran y ninguno opuso resistencia. Se despidieron en medio de un sordo silencio áspero. En cuanto se cerró la puerta a sus espaldas, escucharon la carcajada líquida de mamá. La siguieron escuchando mientras bajaban las escaleras y todavía en el portón del edificio.

¿Te lo contó así nada más?
…
¿Cómo que no fue la primera vez?
…
¡Qué horror! Ya me imagino. O sea que además
te tocó verlo varias veces. Pues con razón…
…
Claro, te ponía de pretexto. Eso es tan común.
Resultó que se la iban a llevar por tu bien.
En serio se pasan.
…
¡Qué desgraciados!

Se dio un baño con agua caliente. Fernando la esperaba con el ceño fruncido y la boca chueca. A Casandra, todavía medio ebria, le dio risa:

—¿Qué traes? —dijo mientras lo esquivaba.

—Me parece que es una falta de respeto que no vayas a las reuniones con las vecinas por irte a emborrachar.

Lo empujó suavemente y cerró la puerta del cuarto. Se untó crema en el cuerpo y se puso la piyama. Luego salió y le dijo:

—Pues no pienso volver a ninguna junta. Si tanto te interesa, ¿por qué no vas tú? —se sirvió un vaso de leche con miel y se desparramó en el sofá con un libro.

—A ver, necesito que te ubiques. ¡Qué van a pensar las vecinas! ¿No te da vergüenza? ¿Has pensado cómo me dejas a mí?

—Me da igual lo que piensen las vecinas.

—Ni siquiera estás leyendo. Hazme caso —Casandra pasó a la siguiente página y permaneció con la mirada fija en una línea hasta que Fernando, indignado, fue al estudio y ahí estuvo hasta la madrugada. Al otro día, cuando regresó del trabajo, insistió.

—Entonces, ¿qué pensaste?

—¿De qué? —preguntó distraída.

—De lo que hablamos ayer, supuse que aprovecharías el día de hoy para reflexionar con calma y hacer lo correcto —Casandra no sabía de lo que le hablaba. ¿Dijo algo del terreno? ¿Había que tomar una decisión importante y ella lo pasó por alto? Podría suceder. A veces se ensimismaba tanto en el trabajo o en alguna lectura que borraba todo lo demás y necesitaba unos minutos para reorganizarse.

—Tu actitud no ayuda. Las vecinas se están formando una muy mala impresión de ti. De los dos, mejor dicho —conque era eso. ¿Todavía lo mascullaba?

—Yo creo que tienen la impresión adecuada. Y me parece muy bien. Detesto aparentar lo que no soy para… no sé ni para qué. ¿Para qué? —el tono burlón y provocador lo tomó por sorpresa. Relajó los hombros en señal de derrota. En su rostro concentrado se reflejaba la búsqueda de un argumento convincente y de preferencia definitivo que no encontró. Ella, conciliadora, propuso—: Ven, vamos a ver una película

y cenamos tacos. Anda, no te dejes manipular por esas seño-
ras. Ven —Fernando se dejó llevar a la cocina donde recibió
instrucciones para que la ayudara.

Hace apenas unas semanas decías que no te
afectaban y que no les ibas a hacer caso y ahora
estás indignada y ofendida.
...
¿Por qué no le dijiste nada? La hubieras mandado
al diablo en ese instante. Acuérdate de que el silencio
es peligroso. Yo creo que no es buena idea que sigas
viviendo ahí, en serio. Ya te lo dije.
...
¿No te parece que eso del terreno es una ilusión?
En caso de que se haga realidad, no será pronto. Además...
¿Qué le pasa al estúpido de Fernando?
...
Pues ni que fuera un niño chiquito. Yo que tú lo
mandaba a la chingada. ¿Ya acabó el famoso libro que
lo iba a lanzar a la gloria?
...
Creo que antes de que hagas planes deberías estar
segura de si estás bien con Fernando. A ver si aprendes
a no estar aterrorizada cada que estás sola, además, de todos
modos, estás sola, no sé si te das cuenta.

Casandra anunció la celebración de su cumpleaños.
    —Pero si no te gusta ni que te dé un abrazo ese día.

—Ya sé, pero pensé que como nos vamos a mudar pronto —Casandra estaba convencida de ese hecho resbaloso— me gustaría celebrar y que todo salga bien y divertirme por una vez en este departamento.

Fernando alzó los hombros con indiferencia mientras ella afinaba la lista de invitados, pretendía reducirla, pero sin darse cuenta había aumentado y no veía razón para borrar a nadie.

—Son casi quince personas, ¿no es demasiado?

—Para nada, de hecho, faltan, pero creo que con ellos será suficiente.

—¿Y qué vamos a ofrecer?

—No estoy segura, pensaba en una lasaña o pollo al horno o quizá costillas de cerdo que tanto te gustan, ¿qué prefieres?

—Es tu cumpleaños, elige tú. Cualquiera de esas opciones me parece bien. ¿Y de beber?

—Vino, cerveza y un fuerte —Fernando la interrumpió:

—Híjole, pues por lo visto vamos a gastar un dineral, estás organizando tu fiesta como si fueran tus quince años —concluyó con una risita torva.

Los tres cumpleaños anteriores de Fernando se celebraron en grande; dos en comilonas en casa y uno en una cantina, cuya cuenta fue más de lo que podían permitirse en ese momento. A Casandra no le gustaba festejar su cumpleaños porque todas las veces que mamá y Padre organizaron algo terminaron peleados: alguien olvidó comprar la piñata, el pastel era de vainilla y la niña prefería de chocolate, qué dirá le gente de la gelatina con rompope, hay alcohol para los adultos, no hay alcohol para los adultos, las cumbias no son música adecuada para una fiesta infantil, la música clásica tampoco, vestido y zapatos nuevos, peinado especial. Casandra decidió que su cumpleaños traía mala suerte, así que poco antes de cumplir diez aseguró que no quería fiesta ni pastel ni regalos y de ser posible tampoco felicitaciones. Mamá no estuvo de acuerdo, para ella las fiestas eran importantes y necesarias para la unión familiar, eso decía. A papá, en cambio, le parecían un gasto innecesario de dinero, esfuerzo y energía. Afortunadamente se cancelaron sin mayores aspavientos. De adulta, Casandra prefería permanecer, de ser posible, todo el día en casa con un buen libro, vino y quizá un pastel de chocolate. Por alguna superstición, creía que si salía de casa algo terrible podría ocurrirle. Esta vez, sin embargo, pensó que sería buena idea celebrar. Confiaba en romper el maleficio. Envió invitaciones por correo electrónico, decidió el menú e hizo una lista de compra.

Mamá organizó un cumpleaños en grande en casa de los abuelos. Para ella era significativo cumplir treinta años. Representaba la entrada a una etapa de madurez; abandonaba definitivamente la juventud y las fiestas interminables, según ella. El patio donde colocaron la carpa, sillas y mesas se llenó de familiares y amigos. Hubo mariachi, un conjunto norteño, mucha comida y bebida. Casandra no tuvo más remedio que ponerse el vestido que mamá compró para la ocasión. Anduvo con mucho cuidado de no mancharlo o romperlo. Evitó las corretizas con los primos y estuvo pegada a mamá, que lucía radiante y contenta. Luego se recostó en dos sillas dispuestas para improvisar una camita, alguien le echó un suéter encima y se quedó dormida, a pesar del alto volumen de la música. Estaba cansada y aturdida con tanta gente. Despertó sofocada en la madrugada; todavía había algunos invitados tambaleantes que platicaban a gritos. Mamá estrechaba a la niña, apretaba demasiado y hacía daño. Lloraba y decía que Casandra era su tesoro. Una tía intentaba liberarla.

—La vas a lastimar, suéltala.

—Es mía y nadie me la va a quitar. Mi bebé. Mi bebé sí se acordó de regalarme algo —con varios domingos ahorrados, a la niña sólo le alcanzó para comprarle un cisne de vidrio que llevaba mucho tiempo exhibido en la farmacia del barrio donde también vendían peluches y chucherías.

Le hubiera pedido a Padre que la ayudara a comprarle algo especial, pero él no estaba de acuerdo con la fiesta y dijo:

—No cuenten conmigo para nada, no voy a participar en esta farsa.

—¿Cuál farsa? Sólo es una fiesta de cumpleaños —contestó mamá incrédula, convencida de que bromeaba.

El mero día creyeron que cambiaría de idea y que aparecería a medio festejo. Mamá, radiante y contenta, recibió felicitaciones y convivió con los invitados, pero cuando la noche avanzó y el patio se vació paulatinamente, tuvo un quebranto. Las mesas estaban llenas de sobras de comida, vasos derramados y botellas vacías. Había algunas sillas volcadas y el ambiente olía a cigarro y sudor. La tarima donde estuvieron los músicos lucía despejada y eso acrecentaba la sensación de desastre.

Algunos tíos y familiares intentaron sosegarla sin éxito. Tampoco lograron que aflojara los brazos para soltar a la niña. El espanto la paralizó, se quedó quieta en los brazos de mamá sin llorar, moverse o intentar zafarse. Permaneció inmóvil, con las extremidades flácidas como una muñeca, hasta que, ya al amanecer, se durmió.

Horas después llegó Padre a buscarlas. Era domingo a mediodía y aunque el trayecto de regreso a casa fue rápido, Casandra sintió que estuvieron en una cápsula hermética con ruedas durante horas. Mamá apestaba y permaneció taciturna, envuelta en una especie de bruma que la protegía de su pequeña familia, de cualquier cosa fuera de ella. Padre tampoco decía palabra, su semblante turbio presagiaba tormenta. Si hablaron o no, la hija jamás lo supo. El departamento se convirtió durante varios días en un lugar yermo donde la única residente parecía ser la niña. Padre se iba muy temprano a trabajar y regresaba tarde. Mamá, en cuanto llegaba de su trabajo, la mandaba a encerrarse en su habitación.

—No quiero verte. No te me aparezcas.

El cuarto de la niña era un terreno seguro. Ahí sólo entraba ella y desde su sitio los escuchaba andar por el pasillo, entrar al baño, azotar la puerta del cuarto, permanecer en el comedor. Casandra imaginaba que los objetos fuera de su cuarto se mantenían suspendidos en el aire gracias al estado anímico de Padre y mamá. Cada que abandonaba su buhardilla para ir al baño, comer o asistir a la escuela, sentía que el cuerpo le pesaba, sus movimientos eran aletargados, le punzaba la cabeza y el ritmo cardiaco se desbocaba.

Luego de varias semanas, el ambiente en el departamento dejó de ejercer molestias en el cuerpo de Casandra. Se respiraba con más ligereza y la niña supo que los objetos regresaron a su sitio sobre las superficies. Padre retomó sus horarios habituales y un día mamá buscó a Casandra en su cuarto para ofrecerle una rebanada de panqué recién horneado.

Gracias a una enérgica intuición, procuró mantenerse la mayor parte del tiempo fuera del alcance de ambos. La cercanía de esos cuerpos adultos le daba escalofrío y sentía una especie de corriente que la alejaba de ellos. La experiencia le dictaba que la aparente calma representaba una tregua endeble. Andaba por el departamento sin hacer ruido y escuchaba tras la puerta antes de arriesgarse a ir al baño o a la cocina para no toparlos. Pronto se acostumbró a vivir con ellos como si fuera un fantasma. Poco a poco permaneció durante más tiempo en su cuarto. Ahí imaginaba mundos posibles, sostenía largas charlas con criaturas invisibles y estructuraba su propio miedo en narraciones fantásticas que le hacían compañía.

Procuraba hacer oídos sordos cada que escuchaba una discusión, pero entendía que algo se estropeaba sin remedio, algo pequeño que se sumaba a las pequeñeces anteriores. Muy pronto ya no habría nada más que estropear.

Te ayudo, dime a qué hora quieres que llegue.
Puedo pasar al súper antes por si te hace falta algo.
…
Uy. A la que no le gustaban los cumpleaños.
¿Estás segura?
…
Pero Fernando nos va a ayudar, ¿verdad?
…
¿Has pensado en lo que hablamos?
…
Ya sé, ya sé. Vamos a disfrutar tu cumple,
pero luego hablamos.

El día de la celebración, la velada transcurrió divertida y ligera. En medio de la noche, Fernando quitó la música, pidió silencio. Casandra supo de inmediato que algo espantoso estaba por ocurrir; lo sintió en el cuerpo, en las palmas de las manos, en las órbitas de los ojos. Una presión ligera, casi imperceptible pero constante, en la boca del estómago.

—¡Muy feliz cumpleaños a la mujer más maravillosa! —dijo y le extendió un paquetito envuelto en terciopelo con un moño dorado. Se soltó la algarabía y los invitados gritaron a coro:

—¡Que lo abra! ¡Que lo abra!

Casandra no quería, presentía que, en cuanto lo abriera, se desataría algo que debía permanecer atado. No obstante, nada ocurrió, dentro halló un par de aretes de oro con zafiros amarillos en forma de gota. Se los puso a petición del público y la fiesta continuó.

Mientras los demás seguían bebiendo y charlando, se preguntó por qué sabía que los aretes eran de oro y que las piedras eran zafiros, si ella no conocía nada de joyas ni había poseído ninguna valiosa. Se miró en el espejo del baño con los aretes puestos y los reconoció. Eran unas de las posesiones más preciadas de mamá. Casi no los usaba, pero solía mostrárselos junto con un anillo de rubíes y un dije de esmeralda. No halló ninguna de estas joyas en el departamento; seguramente las había vendido con otras cosas valiosas que tampoco encontró, como el radio antiguo del abuelo y las chalinas de seda de la abuela. Pero ¿cómo los había conseguido Fernando? ¿Por qué se los había regalado si sabía que eran objetos que le recordarían a mamá? ¿Eran realmente sus aretes? A veces, cuando mamá se los ponía y modelaba, le aseguraba que serían suyos algún día.

—Cuando me muera —decía—. O quizá antes, si eres buena conmigo —agregaba.

No contestaba, pero claro que no los quería. Todo lo que mamá ofrecía tenía un costo; una retribución obligatoria que tarde o temprano exigiría. Nada era dado de manera desinteresada. Así que no, por supuesto que ella no quería saber nada de esos aretes. En sus fantasías de infancia, pensaba que, aun muerta, si se quedaba con sus cosas, vendría a reclamar, exigir, suplicar algo en medio de la noche.

Cuando se incorporó a la fiesta, confusa y segura de que en efecto acababa de ocurrir una desgracia de la que, dado el entusiasmo de los asistentes, ella era la única consciente, se sintió traicionada. No había logrado romper el maleficio del cumpleaños y los aretes eran una prueba irrefutable de que algo ominoso se había desencadenado. Fernando platicaba con unos y con otros. Algunos lo felicitaron por su generosidad y buen gusto; ella habría querido explicarles que ese regalo en realidad representaba una afrenta, pero no hubiera sabido cómo convencerlos. ¿En qué momento inició el relato cada vez más confuso y siniestro en el que ahora se encontraba? ¿Cómo relacionar a Fernando con mamá? ¿Por qué se sentía tan miserable?

A partir de ese momento la fiesta se esfumó. Despertó en la cama, con la ropa, los zapatos y los aretes puestos. Aún no amanecía; Fernando estaba a su lado con la camisa desabotonada y los pantalones enredados en los tobillos. Se desnudó y se metió bajo las cobijas.

Horas después, mientras desayunaban, Fernando se quejó del cuerpo adolorido. Comentaba la fiesta como si hubiera sido para celebrarlo a él, se sentía orgulloso por el regalo y hablaba sin parar de anécdotas que ella sólo recordaba borrosas y en fragmentos.

—¿De dónde sacaste los aretes? —lo interrumpió cuando iba a contar por cuarta vez lo mucho que lo habían felicitado las amigas de Casandra por tan espléndido regalo.

—En una casa de empeño, la que está aquí a dos cuadras. Pensé que te encantarían porque se parecen a la descripción que me hiciste de los aretes de tu mamá, con suerte hasta son los mismos.

—Yo jamás te describí los aretes, ni siquiera me acordaba exactamente de cómo eran.

—Pero si tú tampoco te acuerdas, quizá sólo se parecen. Espero que estés contenta, tu fiesta de quince años a los treinta fue un exitazo —se carcajeó y ni siquiera notó que ella lo miraba con desprecio. Entonces se levantó de un salto y fue a vomitar al baño.

Limpió medio aturdida por la cruda y Fernando salió a hacer una despensa que no necesitaban. Antes de cerrar la puerta dijo:

—A la quinceañera le tocó limpiar su fiesta.

Es un imbécil. Y seguro, como siempre,
no le dijiste nada.
...
Pensé que no te habías dado cuenta. Siempre presume
ideas y lecturas que me has platicado mucho antes.
...
¿Últimamente? Más bien apenas te das cuenta.
...

No quiero aturdirte, pero te pasas.

...

¿Cómo? ¿Por qué?

...

Ya es hora de que veas por tus intereses. Eso de la casa
en el campo suena muy bonito, pero francamente lo veo
muy difícil y no sólo por el dinero. Últimamente sólo
te aferras a ilusiones, perdón que te lo diga.

Se dejaron de hablar unos días. No discutieron, pero algo
se había roto y lo sabían. Hasta que un viernes le dijo muy
entusiasta:

—Qué crees, logré que las vecinas cambiaran su reunión
cada semana para acomodarse al día que a ti te quede mejor,
a la hora que quieras.

—Fernando, no quiero ir, no me importa que hayas logrado que se ajusten a mis horarios, no voy a ir. Ni siquiera tuviste la decencia de preguntarme —trató de hablar con calma y
sin alterarse, pero sentía un nudo en la garganta y una furia
que hacía que le temblaran los labios y el párpado izquierdo.

No explicó que percibía a las vecinas como un ente único que la perseguía y atosigaba, la asfixiaba y arrinconaba.
Una fuerza incontenible la obligaba a rebelarse hasta por los
mínimos comentarios. Igual que mamá. Por si fuera poco,
encontrarse con ellas le recordaba demasiado su infancia.
Desde la muerte de Susanita se sentía cada vez más ajena. Le
daba miedo percibir que el recuerdo de mamá se diluía y
el espacio de su rostro lo ocupaba el espejo. Necesitaba des-
esperadamente huir de ese departamento. Percibía fisuras en

la convivencia. Sentía algo resquebrajado y frágil que reptaba en su interior como en un laberinto sin encontrar la salida.

No dijo nada, se quedó con la mirada clavada en el rostro sereno y confiado de Fernando.

—Yo creo que las reuniones con estas mujeres pueden ayudarte a estar tranquila, sin pensar tanto en tu madre. Ya ves cómo te pusiste el otro día.

—¿De qué estás hablando? —cada vez se sentía más alterada. Fernando le hablaba con la falsa ternura que ocupaba con los niños del edificio.

—¿Ves? Eso es a lo que me refiero. Yo sólo quiero tu bienestar, te comportas como si estuviera en tu contra. Cuentas siempre conmigo, lo sabes. Nunca te voy a dejar sola.

—¿Quién no me va a dejar sola? —el desconcierto se transformó en ira que crecía sin control y se apoderaba de todo su cuerpo. La sangre ebullía, la podía sentir serpentear por sus venas cálida y salvaje.

Mamá solía asegurarle que nunca la iba a dejar sola, pero todavía no lo acababa de decir cuando se marchaba, salía de fiesta y la dejaba sola toda la noche. Aunque la esperaba con ansia, el momento más aterrador era justo su llegada. Siempre ebria, a punto de explotar por cualquier cosa, con reclamos inexplicables, balbuciendo como una niña pequeña, reclamando algo profundo y primitivo que nadie podía darle, algo de lo que carecía y que sólo ella misma pudo haberse brindado.

Padre se encerraba y la dejaba gritando sola; no le importaba que al no encontrar interlocutor fuera a la habitación de la niña. La culpaba de todo, pero sobre todo de haber nacido, de ser un obstáculo, un bulto inservible del que es imposible deshacerse. La niña se cubría, pero mamá jalaba las cobijas y manoteaba. Lloraba y decía palabras sin sentido, a veces se le ponían los ojos en blanco. Cuando Casandra intentaba escapar, sus sentidos se agilizaban y se aferraba al cuerpo infantil del tobillo, la muñeca o la trenza. En cuanto se aseguraba de que la niña permanecería inmóvil, hablaba, lloraba, reía, musitaba. La furia inicial se disolvía en un lamento profundo. Terminaba en una letanía pausada y precisa que sólo ella entendía. Muchas veces se quedaba dormida en su cama y la niña prefería acostarse en el suelo envuelta en una cobija. Las almohadas quedaban húmedas y con manchas de maquillaje y rímel. Las sábanas apestaban a sudor y a alcohol rancio. Mamá las cambiaba por unas limpias sin decir palabra, con un gesto adusto y los ojos opacos. En esas noches escalofriantes, mamá afirmaba siempre, hasta que Casandra escapó de casa, que jamás la iba a dejar sola.

Los días posteriores a estos arrebatos mamá no hablaba con nadie y se la pasaba limpiando con frenesí, como si se purificara a través de las labores domésticas. Lo mejor en esos casos era hacerse a un lado. Si trajinaba en la cocina, mejor ni acercarse, si estaba en la estancia o en el baño, lo prudente era permanecer en el cuarto. Casandra procuraba mantener su habitación aseada y recogida para evitar el ciclón de limpieza en el que se convertía mamá, que tiraba todo lo que hallara fuera de su lugar a la basura, ropa, cuadernos, libros, aretes, broches para el cabello; lo que fuera. La niña la escuchaba resoplar y trasladarse de un espacio a otro a una velocidad anormal. Imaginaba que si, por error, mamá la hallaba fuera de su cuarto, ella también terminaría en la basura, por no estar en su sitio, por estar.

—Mira, entiendo que los recuerdos te causen tristeza, que el fantasma de tu mamá te persiga, pero pronto nos marcharemos, te lo prometo. Mientras, procura poner de tu parte, estar tranquila. No actúes como loca.

¿A qué diablos se refería con eso de "poner de tu parte, estar tranquila"? Sonaba como si mamá hablara desde el más allá a través de él. Cuando decía "no actúes como loca", ¿se refería a Casandra o a mamá? ¿Qué son esas palabras que dice Fernando? Casandra no lograba hilvanar la narración ofrecida, tan distinta a la de ella. ¿Acaso vivían en universos ajenos? ¿Por qué percibían realidades tan ajenas?

Con la ausencia de Padre, las salidas de mamá se hicieron cada vez más frecuentes. Afirmaba que ahora que tenía su libertad, necesitaba divertirse. Y Casandra cerraba su cuarto con llave y no abría hasta la mañana siguiente.

—Me refiero a que te comportes normal. No hagas cosas malas que parezcan buenas; ni buenas que parezcan malas. Te hará bien dejar una buena impresión, a diferencia de tu mamá, ¿no crees? No sé, ir a las reuniones, ofrecerte a lavar los trastes, pequeños detalles. No te pido nada del otro mundo.

—Son más importantes las vecinas que yo, ¿no?

—No me entiendes; me malinterpretas.

—Explícate.

—A ver. Pienso que es bueno que las vecinas sientan tu apoyo y disposición. Coopera con ellas, que se sientan apoyadas. Eso hacen las mujeres, ¿no? Se apoyan.

—Pero no necesariamente así.

—Además pasas horas mensajeándote con Manuela. No dudaría que hasta en las reuniones semanales. No te ofendas, pero creo que Manuela es una mala influencia. Por algo está sola.

Casandra lo miró incrédula ¿También revisaba el celular? Una agria aflicción recorrió sus arterias.

—No sé, fíjate un poco en tu aspecto. Cuando trabajas aquí ni te arreglas. No es agradable que salgas a la tienda desaliñada y en piyama. No es mucho pedir, ¿o sí?

Claro que sí es mucho, pensó, claro que es un montón. Fernando la miraba indulgente, sonriente, seguro de sí mismo.

¿Quién diablos es Fernando?, se preguntó espantada.

Se sentía como una demente cuyos guardias condescendientes tratan de mantener tranquila para que no enloquezca por completo. Esa noche la tocaron los dedos huesudos y nerviosos de mamá, lloraba, decía que todos la habían abandonado. Estaba sentada en el piso, acurrucada al lado del buró con una linterna que alumbraba sus muslos desnudos bajo el camisón de dormir. Despertó con un grito ahogado, sudorosa y casi sin poder respirar.

Tardó mucho tiempo en recuperar la respiración normal. Fernando le dio una pastilla para que se relajara y al fin se quedó dormida entre espasmos y temblores. Poco antes del amanecer escuchó pasos en el departamento; era mamá, lo supo de inmediato. Sus tacones retumbaban en la duela, con esos pasos lentos y largos como si no tuviera prisa, urgencia ni destino. Aspiró ese olor peculiar que a veces aparecía, una tranquilidad desconocida anestesió sus músculos, cerró los ojos y volvió a dormir.

Le resultó imposible concentrarse en el trabajo pendiente. Estaba espantada, cada vez se sentía más acorralada y vigilada por las vecinas y por Fernando, como si todo lo que hiciera la encaminara a un destino pavoroso. Estaba siempre a la defensiva. No soportaba que las vecinas le dijeran nada. No tenía claro si en efecto eran unas metiches o si su propia susceptibilidad le gastaba bromas pesadas.

Durante años, a pesar de que pensaba continuamente en mamá y le preocupaban las noticias de sus desvaríos cada vez más intensos y prolongados, logró mantenerse fuera de órbita. Durante la infancia, estaba segura, ella fue un satélite que giraba en ciclos caóticos alrededor de mamá. Años después la imaginaría indestructible, sin reconocer que lograría autodevorarse tarde o temprano de un modo o de otro. Un día, Prima le preguntó si no le daba gusto el tiempo que había pasado sin que mamá intentara quitarse la vida. Resultó que ella llevaba la cuenta y Casandra no. Jamás sintió culpa ante la familia que le recriminaba, a veces de manera velada y otras violenta, su alejamiento. Ahora que estaba en el departamento se sentía culpable, pero no por haberse marchado, sino por haber vuelto a un lugar lleno de recuerdos y secretos, rencores agazapados en los rincones a punto de saltarle encima a la menor oportunidad.

¿Ves? Te lo dije.
...
Tienes que irte de ahí, aunque sea sin Fernando, ¿eh?
No me habías contado que hasta revisa tus cosas.
...

¡Vaya! Pero hazlo ya. Entre más tiempo pase, será peor, más difícil.

...

Eso del terreno es un espejismo, y del libro ni habar. No seas tonta. Fernando sólo quiere ganar tiempo para que te acostumbres. Ya te lo he dicho, pero no me haces caso.

...

Es que desde dentro no se ven las cosas con claridad. Necesitas salir de ahí y pensar.

...

Necesitas alejarte de las vecinas, de Fernando. No te quedes ahí, donde ocurrió todo.

La ilusión de la casa de campo se difuminaba poco a poco. El anhelo de mamá fue instalarse en el pueblo de sus padres, un lugarcito en medio del desierto donde nunca ocurría nada que no fueran los pequeños dramas cotidianos de sus habitantes, que precisamente por únicos adquirían dimensiones gigantescas y calamitosas, como si se tratara de tragedias griegas.

Casandra visitó algunas veces ese lugar cuando era niña. Le sorprendía y horrorizaba la cantidad de tíos, tías, primos, compadres, padrinos y familiares que mamá le presentaba cada vez, siempre más numerosos, apocados y oscuros. La mayoría se dedicaba al campo, algunos eran mineros; las mujeres, cuando trabajaban, limpiaban casas en otras localidades. De niña suponía que las historias que contaban eran cuentos que se inventaban para divertirse.

—Se robaron a la hija de don Cecilio, ya no la va a volver a ver.

Y las mujeres se reían y decían que se lo tenía bien merecido por arrogante.

—No se sabe nada de Nicolito, que se fue hace meses a intentar cruzar la frontera.

Todos se santiguaban para luego comentar lo que le podría haber ocurrido:

—Lo levantaron, lo mató la migra, está en la cárcel, se volvió loco y anda vagando en la frontera, está tirado en el desierto medio devorado por las bestias, es esclavo del narco.

—Mayela volvió a abortar por la mala vida, quién sabe cuántos niños ha matado esa muchacha. Diosito la va a castigar, imagínate los cuerpecitos de angelitos inocentes desmembrados por culpa de esa furcia.

Charlaban con la mayor naturalidad entre tragos de mezcal, coca-colas y frituras; la niña intentaba no escuchar o fingir que eran cuentos. En la noche tenía pesadillas y se le figuraba que las víctimas, como decía la abuela, vendrían del más allá. Sin confiar en la maligna presencia de Dios, antes de acostarse, oraba sus nombres despacito para que supieran que alguien los pensaba.

Con frecuencia la bisabuela, una mujer que parecía un tronco arrugado y tieso, y que hablaba para sí misma, la jalaba del brazo cuando salía de la cocina, acercaba su mirada cataratosa a su rostro y gritaba:

—¡Y tú, tú, ja, ja, ja, ja, ja, ja! ¡Túúúúúú!

Luego su voz se apagaba en una tos asfixiada. A pesar de sus esfuerzos no lograba liberarse de la poderosa garra que aferraba su brazo. Tenía tanto miedo que no gritaba, permanecía en silencio con el enorme corazón latiendo y abarcando todo el cuerpo.

—¡Vete! —decía la bisabuela con fastidio y la soltaba. Cuando entraba al comedor la recibían las carcajadas de los parientes, mamá incluida:

—¡Hubieras visto tu cara!

Siempre la pillaba al menos una vez cada que la visitaban, a pesar de que la niña la evitaba y se cuidaba de no andar demasiado distraída para no volver a caer en sus garras. Para la familia eso era una diversión más. A mamá no le decía nada. Aprendió desde pequeña que las quejas acarrean desprecio.

Un día se levantó asustada porque vio a través de la luz que se proyectaba del cuarto contiguo una sombra siniestra aproximándose a su habitación. Apartó las cobijas y caminó temblorosa lejos del espectro, luego corrió hacia mamá, que se preparaba para acostarse. La abrazó y le dijo que algo se agitaba en la penumbra.

—No viste nada, no seas tonta, vete a dormir.

Le suplicó que no la dejara sola, que le permitiera dormir con ellos.

—De ninguna manera —contestó Padre—, tienes que aprender a no tener miedo, los fantasmas no existen y no pasa nada.

Pero Casandra no estaba convencida, así que imploró y gimoteó. Mamá odiaba el llanto ajeno. La llevó a rastras y encerró en el cuarto de la azotea. Gritó tanto que tuvieron que sacarla porque los vecinos se quejaban. Si volvía a gritar, le aseguraron, la volverían a encerrar, pero esta vez toda la noche y bien podría gritar hasta desgarrarse la garganta.

Esa noche soñó con la extensa familia del pueblo: la niña estaba encerrada en el cuarto de azotea y ellos, desde afuera, permanecían atentos a la respiración de la criatura; reían y especulaban:

—¿Estará muerta? ¿Se habrá desmayado? ¿Está sola o hay alguien con ella? A la mejor hay un hombre ahí dentro, seguro hay ratas, ahí vive una araña gigantesca que hace cosquillas.

Casandra, inmóvil, aguantaba la respiración y fingía no estar ahí dentro para que se callaran.

Casandra reanudó la asistencia a las juntas semanales. No perdía gran cosa. A veces ceder es la mejor forma de luchar, se convenció. Acudía, puntual, al departamento indicado. Fernando sugirió, y ella aceptó encantada, tomarse un tranquilizante media hora antes de las reuniones para estar sin estar.

Se mantenía callada y sólo respondía a preguntas directas. Saludaba y se despedía en un estado soporífero. Su actitud era dócil y servicial: lavaba trastes, ayudaba a recoger la mesa. Pedían su opinión acerca de asuntos de los cuales ellas ya habían tomado una decisión: no pagarle a Margarita la semana que faltó porque no dio explicaciones; llamar a la patrulla cada que se apareciera el niño pobre con cara de loco que mendigaba comida de puerta en puerta; redactar un absurdo listado de las acciones que debería llevar a cabo un buen vecino; formular un reglamento para escoger cuidadosamente a los posibles inquilinos que pretendieran rentar en el edificio. Las últimas dos tareas le fueron encomendadas. Casandra adoptaba una actitud de estupor y consternación cada que las vecinas trataban de formular una idea sin lograrlo. Se hacía la desentendida para no plasmar sus absurdas peticiones. El tranquilizante le provocaba movimientos aletargados y adoptaba una actitud de profunda concentración antes de proponerles la redacción de sus ideas.

—Es necesario que los vecinos guarden las buenas costumbres y que se comporten con un código ético honorable —decían.

Y ella preguntaba:

—Guardar, ¿o sea que las guarden en su casa o cómo? ¿Qué es un código ético honorable? ¿Qué tal si cada vecino tiene uno que sea honorable? ¿Cómo sabemos cuál es el más honorable? —la miraban como si fuera una retrasada y se abalanzaban a explicarle todas a la vez.

—Tener ética es como tener religión: uno sigue los preceptos para ser una buena persona —Amelia miraba hacia el techo convencida de la contundencia de su dicho.

—Pero ¿cuál es la religión adecuada? ¿Eso quiere decir que es obligatorio que sean católicos? —preguntaba Casandra con sincera curiosidad.

—No, aunque, bueno, si son católicos, mejor —la voz convencida de Amelia sonaba fraccionada.

—No, claro que no. Eso no importa. Lo importante es que, por ejemplo, sean buenas personas con sus familias —Olga alzó la voz, fastidiada de que no se entendiera algo tan elemental.

—¿Y eso cómo lo podemos saber? Algunas personas parecen intachables, pero en sus hogares son tiranos —las vecinas suspiraron y se acomodaron con evidente enfado ante los cuestionamientos de Casandra.

—Bueno, tú ponle que sea una buena persona —agregó Irene, visiblemente fastidiada de tanta incomprensión.

—Entendido —dijo Casandra mientras escribía en la libreta de juntas y decía en voz alta—: Buena persona, que trate bien a las personas y a los animales.

—No, no pongas eso. Es como invitarlos a que tengan mascotas y entre menos mascotas, mejor. No, eso no —dijo Olga agitando las manos en un gesto desesperado y negativo.

—Las mascotas son lindas, me acuerdo de Tutú. Te acuerdas, Rosalba, ¿qué bonito era? Era travieso, sí, pero fue un gran compañero para mi hija. Me da mucha risa esa vez que… —Irasema sobresaltó a Rosalba, que parecía aletargada y ausente, con un codazo.

Las juntas se convertían en una cascada de recuerdos gratos que, por alguna torcedura en el trayecto, terminaban en desgracia.

—… Y luego lo tuvimos que dormir porque siempre mordía a los señores del gas; ay, pobre Rosalba, cómo lloró —remató Irasema, mientras Rosalba pretendía ver a otro lado con cara de angustia y un coraje entre las cejas.

Los documentos nunca quedaron listos.

Te pasas, en serio. ¿Y Fernando sabe?

…

No, triste no. Yo más bien diría patético. ¿Y en qué quedaron con lo de mudarse?

…

¿A qué se refiere con que él se va a encargar de todo?
Suena muy mal y tú tan tranquila.
…

Ya sé que estás harta, pero ¿cómo sabes que Fernando
se está encargando de todo?
…

En serio, te tienes que forzar a tomar decisiones.
Es el departamento que te dejó tu mamá,
no es poca cosa.
…

Y la verdad es que cada vez entiendo menos
a Fernando, y tú cada vez más zonza.

Durante semanas, Casandra no se ocupó de nada relacionado con el edificio y las vecinas. Fernando se encargaba de
pagar el mantenimiento, escuchar las quejas por algún incidente y entregar las cooperaciones extraordinarias para arreglos de emergencia. Estaba enterado de lo que se hablaba en
las juntas y disponía lo necesario en el momento indicado:
compró las flores para el cumpleaños de Amelia, investigó
las mejores opciones para instalar un sistema de videovigi-
lancia, inscribió al edificio en un sistema de condóminos que
se alertaban sobre incidentes criminales.

Casandra asistía a las juntas, pero casi ni las escuchaba. El
tranquilizante que tomaba la mantenía en una alerta mínima:
veía cómo movían sus labios, sus rostros indignados y sus
carcajadas, indiferente a las palabras que revoloteaban en el
aire sin sentido. Abría la boca sólo para beber un poco de refresco, mordisquear los insípidos refrigerios, contestar alguna

pregunta intrascendente y sobre todo boicotear los intentos de poner en un supuesto orden a los habitantes del edificio. Ya no la molestaban con comentarios intrusivos y se limitaban a saludarla cuando se topaban. Le sonreían maternales y a veces hasta le ofrecían bajar la ropa tendida en la azotea, llevar y traer ropa de la tintorería. Aunque al principio se negó, un día decidió probar. Con frecuencia la gente, sólo por amabilidad, ofrece servicios que no está dispuesta a realizar, segura de que la persona que recibe la propuesta la rechazará. Un día le dijo a Irene —que bajaba las escaleras con prendas recién descolgadas de los tendederos— que sí le encantaría que llevara los sacos de Fernando a la tintorería como un favor excepcional, en vista de que ella iba y venía varias veces a la semana. Para su sorpresa, no sólo los llevó y los devolvió días después, sino que pagó de su bolsillo, aunque lo más probable es que después le haya cobrado a Fernando. A partir de ese momento Irene bajaba la ropa tendida en la azotea y se la entregaba doblada y hasta planchada.

—Muchas gracias, pero no es necesario —le dijo la primera vez, alarmada por tanta dedicación. De nada sirvió. Irene incorporó esas tareas a las suyas. Pasaba todos los días, por lo menos, tres horas en la azotea: lavaba ropa, sábanas, colchas, toallas, trapos de cocina, tenis; cepillaba tapetes y sacudía cojines y almohadas. Casandra no entendía cómo podía encontrar placer en aumentar sus arduas tareas sin recibir pago alguno.

—Por favor, Irene, ya no lo hagas, si continúas tendré que ofrecerte un pago. A menos… —de pronto tuvo la sospecha de que Fernando estaba detrás de esta excesiva diligencia— de que ya lo estés recibiendo.

—No, por favor, no digas eso. Me ofendes. Lo hago con gusto para ayudarte.

Desde su infancia, Casandra recordaba a Irene con un delantal a cuadros con flores bordadas en el pecho y grandes bolsillos, guantes de plástico y botas de hule; subiendo y bajando de la azotea a su departamento con grandes canastas llenas de ropa sucia o limpia. Otras veces se la topaba en los pasillos con pesadas bolsas de mandado. Su cocina, siempre a la misma hora, emanaba olores de guisos diversos. Todavía en la noche uno se la podía encontrar con una bolsa de pan dulce, caminando apresurada hacia el edificio. No paraba jamás. Ahora lucía más cansada, medio encorvada y con el paso saltarín flemático. Gruesas gafas enmarcaban sus ojos empequeñecidos, que emitían un brillo opaco; arrugas diminutas rodeaban sus labios fruncidos.

—No puedo aceptar que tengas más carga de trabajo de la que de por sí tienes, Irene —pero ella hizo un gesto con la mano para indicar que no importaba. Casandra procuró cambiar los días de lavado, pero luego se daba cuenta de que Fernando se escabullía a la azotea y metía la ropa en la lavadora sin que ella lo notara, hasta que Irene aparecía de nuevo en el umbral de la puerta para entregarle la ropa limpia.

¿Qué traman?, se preguntó angustiada con un hastío que le recordaba a mamá. Sentía que estaba secuestrada en su propia casa. Le parecía que detrás de esa aparente amabilidad se escondía algo que no alcanzaba a descifrar; algo en lo que, no le cabía la menor duda, tanto Fernando como el resto de las vecinas estaban coludidos.

El colmo fue cuando Irene tocó la puerta por segunda vez un miércoles. La primera le entregó ropa limpia, perfectamente doblada. La segunda vez le extendió un tóper, dio media vuelta y, antes de desaparecer en las escaleras, dijo: "Disfruten". Casandra puso el objeto en la mesa y regresó a la computadora.

Cuando mamá recibía un trozo de pastel o un tóper con comida de las vecinas, agradecía con mucha ceremonia y luego lo tiraba a la basura. Decía que uno nunca sabe cómo cocina esta gente, qué ingredientes usan ni si se lavan las manos. Luego, cuando se encontraba con la vecina generosa, le expresaba un zalamero agradecimiento y le pedía la receta del suculento platillo. Y aunque mamá era una excelente actriz, a veces divisaba en los ojos de las vecinas un destello de suspicacia.

En cuanto perdió a Irene de vista en las escaleras, supo que debió rechazar el tóper. ¿Qué le tocaba hacer? ¿Tirar la comida, lavar el tóper, entregarlo, agradecer y alabar su sazón? La verdadera pregunta que tendría que hacerse, reflexionó mientras miraba la pantalla sin entender nada de lo que había ahí escrito, era: ¿por qué ahora le ofrecían comida? Nunca fue de cocinar platillos muy elaborados, pero cocinaba bien y en ocasiones especiales hasta se aventuraba a preparar manjares que resultaban deliciosos. Supuso que, como en todo lo demás, las vecinas la consideraban una inútil, huérfana de madre que no logró aprender el arte de vivir en pareja y mucho menos el arte de vivir en condominio. En definitiva no se comportaba ni remotamente como ellas esperaban. A sus ojos todo lo hacía mal, quizá peor que mamá.

¿Será ese platillo para Fernando más que para mí?, pensó. ¿Y si nos quieren envenenar? ¿Y si Fernando es cómplice de ellas y todos se quieren deshacer de mí?, se preguntaba.

Sacudió esos pensamientos extravagantes y se concentró en el trabajo, pero duró poco. Una creciente inquietud la distraía con frecuencia; cada vez se sentía menos dueña de sus acciones. Se quedaba largo rato mirando el estudio con repulsión. La seguridad que sintió alguna vez entre esas paredes se había desvanecido. Un temor incipiente se instaló en un lugar indeterminado de su cuerpo.

En una de las juntas, Casandra accedió a que le enviaran a una mujer que le ayudara con los quehaceres del hogar al menos una vez por semana.

—Te notamos estresada —dijeron.

—Si no estamos para apoyarnos entre nosotras, entonces ¿para qué estamos? —afirmaron.

—Seguro que Fernando se lo puede permitir y así te libera un poco de tanto estrés —insistieron.

—En realidad no estoy estresada y yo misma pagaré, no necesito a Fernando para eso —las mujeres cambiaron de tema como si no hubiera dicho nada y la reunión transcurrió por otros rumbos.

Por primera, vez desde que vivían ahí, Fernando no estuvo de acuerdo con la ayuda sugerida por las vecinas. No le extrañó que lo supiera antes de que ella se lo comentara ni que fuera lo primero que dijera en cuanto entró a casa:

—No creo que sea buena idea contratar a alguien para la limpieza. Como tú dijiste desde un inicio, es un dinero que se puede ahorrar y tú y yo lo hacemos muy bien.

—No lo hacemos taaan bien y cada que toca limpiar te pones de malas, lo haces al aventón y me exasperas. Además, ya dije que sí. Yo lo voy a pagar. Y a menos que hayas cancelado sin consultarme, como acostumbras, mañana viene —Fernando alzó los hombros y fue a la cocina por una cerveza. Luego hablaron de asuntos sin importancia para disimular el progresivo vacío alojado entre ellos.

Jamás pensó que quien tocaría el timbre por la mañana sería la misma Ernestina que ayudó a mamá durante un tiempo, poco después de que ella se marchara de casa. Recordaba muy bien a Ernestina y su conflictiva relación con mamá. Prima le relató que mamá había contratado a una especie de dama de compañía, una mujer joven que ayudaba con la limpieza, ya para entonces bastante descuidada, dos veces a la semana; y una tercera vez se encargaba de tomar notas que mamá le dictaba.

Al parecer a mamá se le metió en la cabeza escribir una especie de memoria de su vida. Estaba convencida de que se decían embustes alrededor de ella y quería, de alguna manera, limpiar su nombre. Mamá vivió sumergida en una tenaz angustia por su reputación ante los otros: si era una buena madre, buena esposa, buena mujer, pulcra, buena cocinera, abnegada con sus padres, dedicada a su familia, bien vestida y cuidadosa con sus seres queridos. Mamá quería exponer cómo se había dedicado a sus padres en cuerpo y alma hasta que murieron, las verdaderas razones por las que Padre las abandonó, lo malagradecida que Casandra era y, sobre todo, lo sola que la habían dejado todos.

Al principio las cosas funcionaron bien entre mamá y Ernestina. Ambas fueron educadas con principios similares en ambientes parecidos. Se contaron sus respectivas historias y hubo una identificación inmediata. La gente crea vínculos fuertes con desconocidos que aparentemente han experimentado los mismos pesares en la vida. Mamá tenía talento para hallar cómplices que justificaran sus desvaríos. Durante casi dos años se convirtieron en una pareja extraña, armónica y cariñosa. Ernestina llegaba al departamento a las nueve de la mañana y se marchaba a las nueve de la noche los tres días que iba con mamá.

Según Prima, Ernestina limpiaba todo minuciosamente y, una vez terminada la tarea, cocinaba los platillos favoritos de mamá y escuchaba la historia de su vida, que transcribía fatigosamente en una libreta destinada para tal fin. Las vecinas, por su parte, decían que mamá esperaba ansiosa las visitas de Ernestina y que si se tardaba unos minutos salía a esperarla al portón del edificio mientras fumaba un cigarro tras otro. Le decían que se saludaban y despedían de beso en la boca. Luego empezaron a beber juntas una vez que Ernestina terminaba sus labores domésticas, que cada vez realizaba con menos diligencia. Se escuchaban carcajadas histéricas y música a todo volumen.

Amelia le advirtió a mamá que se anduviera con cuidado; que amistades cercanas le aseguraron que Ernestina era una ladrona profesional que embaucaba a sus patrones para obtener su confianza y luego desvalijarlos.

—Poquito te descuidas y hasta sin departamento te deja —aseguró. Mamá le dijo que mentía, pero el comentario de Amelia se grabó en su inconsciente y una duda dolorosa y potente que no supo borrar ni enfrentar creció.

Un día le pidió a Ernestina que le dejara la libreta de dictado: pensó que quizá encontraría alguna confesión de la supuesta estafa. Ernestina la entregó sin objetar y se marchó tambaleante y de buen humor. Mamá revisó la libreta minuciosamente y se dio cuenta de que Ernestina no sabía escribir. Las hojas estaban llenas de garabatos que parecían letras, pero que no representaban absolutamente nada. A mamá le costó trabajo darse cuenta, al inicio pensó que estaba muy ebria o que era una caligrafía harto torpe. Había grupos de caracteres que semejaban palabras largas y cortas, puntuación y hasta espaciados; pero nada más, sólo símbolos sin significado disfrazados de escritura, ideas y sentimientos. Casandra se preguntó si mamá habría visto su vida ahí reflejada, en una serie de garabatos indescifrables, perfectamente ordenados en un universo desconocido, quizá fuera de este mundo.

Cuando Ernestina apareció de nuevo, mamá dejó que terminara con la limpieza. Le sirvió un trago y, después del segundo, le pidió que leyera lo que estaba escrito porque no había logrado descifrar la compleja caligrafía. Ernestina se sonrojó, un ligero y persistente temblor se instaló en la ceja izquierda, tomó la libreta y leyó. Mamá escuchó con atención y reconoció su historia, pero con otras palabras; palabras que no eran suyas, que no podían ser suyas porque ella nunca había hablado así. No era que Ernestina utilizara palabras equivocadas o que su relato fuera falso, pero ésa no era la cadencia de mamá y se notaba.

—A ver, acércate. Vamos a leer juntas —Ernestina se acercó inocente y confiada, colorada con el cuarto trago y contenta. Entonces mamá confirmó sus sospechas.

—Ernestina, tú no sabes escribir. ¿Qué voy a hacer cuando necesite transcribir esas páginas?

Ella, cándida, le contestó:

—Me llamas y yo las dicto —se carcajearon hasta las lágrimas. Su relación se hizo más estrecha. Mamá le tuvo ternura a alguien tan poco respetuoso de las palabras escritas y, sin embargo, tan cuidadoso de las palabras habladas.

Pero la catástrofe no les dio más tregua. Un día que a Ernestina no le tocaba ir a casa, mamá sacó su cajita de las joyas. Lo hacía a menudo desde que Casandra era muy niña. Le gustaba ponérselas frente al espejo y modelarlas con diferentes atuendos, no se atrevía a lucirlas fuera de casa por temor a que se las robaran. No encontró ni sus aretes de zafiro, ni su dije de esmeralda y mucho menos su anillo de rubí; tampoco las arracadas ni la cadena de oro sólido.

Cuando Ernestina se presentó un día después, mamá le dijo que necesitaba que le regresara sus joyas.

—¿Qué joyas? —preguntó, aireada.

—Las de mi cofre, no te hagas, sabes bien de qué te hablo.

—Sí sé, y tú mejor que nadie sabe dónde están.

—Yo sólo sé que, si no están en el cofre, entonces alguien las tomó y la única que entra aquí eres tú.

Ernestina la miró con desamparo y le dijo con ternura:

—Acuérdate, acuérdate. Fuiste tú. Yo soy incapaz de tomar tus cosas, lo sabes.

Pero mamá llevaba dos días bebiendo y sin dormir. Le dijo cosas hirientes e irreversibles. Ernestina, por supuesto, se marchó ofendida y humillada por algo que ella no se habría atrevido a hacer jamás.

Semanas después, mamá encontró sus joyas en una lata de café que escondía al fondo de la alacena, ahí las metía cuando le entraba la tentación de venderlas o empeñarlas. Cuando Casandra era niña, mamá también escondía botellas de alcohol para no beber y luego montaba un escándalo, segura de que papá o la niña le habían tirado el trago por el desagüe. Buscó a Ernestina y le pidió perdón. No le fue concedido.

En cuanto abrió la puerta reconoció a Ernestina. Mamá confiaría a ciegas en alguien con ese aspecto; desaliñada pero pulcra, la mirada clara, una sonrisa amplia y la frente alta.

—Ernestina, usted trabajó con mamá, ¿verdad?

—Por eso vine. Mira nomás, estás igualita —dijo mientas entraba directo a la cocina—. Pero qué desastre, ni tu mamá tenía la casa tan sucia, puuufff, aquí hay mucho trabajo que hacer —y sin más se puso manos a la obra.

Casandra se encerró en el baño mientras se miraba al espejo. ¿Igualita que mamá? ¡Mierda, no, por favor, no! Sin duda reconocía los rasgos de mamá en su propio rostro, pero la nariz, el mentón y la frente eran totalmente diferentes. Y aun así… El cabello también era distinto, el de mamá negro, grueso y rizado; el de la hija delgado castaño y apenas ondulado. Y aun así… Tenían estilos muy distintos: mamá usaba un fleco curvado hacia dentro, efecto que lograba con un tubo que se dejaba toda la noche y que no le permitía dormir boca abajo, traía el cabello siempre suelto y rizado debajo de los hombros; la hija lo usaba corto apenas debajo de las orejas, sin fleco y casi sin peinar. Y aun así...

Los golpes insistentes de Ernestina en la puerta la sacaron por fin del baño. La minuciosa observación la turbó. Nunca había pensado que mamá y ella pudieran ser "igualitas", pero ¿y si lo que la hija veía en el espejo no era la realidad? ¿Y si en efecto eran como dos gotas de agua? Últimamente le parecía que mamá se asomaba al espejo cuando se lavaba los dientes o se pasaba el peine. La miraba fijo unos momentos y cuando Casandra se alejaba del espejo, estaba segura de que mamá permanecía ahí a la espera, paciente y obstinada.

Reflexionó en el carácter porque después de todo el físico no importa, ¿o sí? Podría sentirse orgullosa de parecerse a mamá, tan guapa y colosal, espeluznante y titánica. Pero en carácter no, es cierto que muchas veces se reían de las mismas cosas y que les gustaba cantar a grito pelado y disfrutaban charlar de temas extraños y de espantos, como el relincho del caballo que se escuchaba todas las madrugadas en la ventana de la tía Carmela, o las brujas en forma de bolas de fuego que rondaban por los cerros del pueblo de los abuelos, o los sacrificios que hacían los moradores de la vecindad en honor a la Santa Muerte. Pero mamá era cruel, se divertía causando miedo; Casandra no podía soportar que alguien sufriera y, si no podía evitarlo, tampoco tenía las entrañas para mirarlo. Y aun así...

—¿Hace cuánto que no limpias? Mira nada más —dijo Ernestina mientras sacudía los cojines de la sala—. Tendré que hacer limpieza profunda.

—Hace una semana, más o menos —Ernestina contestó con un pujido de insatisfacción y se concentró en sus tareas.

Mamá solía limpiar el departamento antes de que llegara alguna empleada a ayudar. Van a pensar que soy una fodonga, afirmaba. No duraban mucho. Mamá las hostigaba, indicaba la mejor forma de tallar el inodoro, las reprendía por no usar el líquido para madera, le molestaba el modo en el que usaban la aspiradora, levantaba muñecas de porcelana, portarretratos y macetas en busca de un polvo que siempre encontraba. Nunca estaba satisfecha con el resultado. Ninguna volvía.

La llegada de Ernestina y su permanencia durante dos años con mamá fue un misterio para Casandra, para Prima y sobre todo para las vecinas que la veían llegar puntual y aseada para luego marcharse demasiado tarde y en estado inconveniente, según ellas. Lo más extraño era lo de las famosas memorias que mamá presumió durante varios meses a Prima. Incluso le decía:

—Ahora que las lean, verán —sin referirse a nadie en particular, pero con un tono amenazante que Prima trataba de emular sin éxito cuando le hacía el relato a Casandra.

Ernestina le aseguró que lo de las memorias fue un pretexto de mamá para hablarle de su vida y declaró que le contaba tantas versiones de un mismo evento que no resultaba creíble.

En cuanto agarró confianza, resultó ser igual de fastidiosa que mamá, reprendía a Casandra por todo. Decía que la casa debía estar ordenada y oler a limpiador todo el tiempo; que no era posible que la ropa en el clóset estuviera revuelta y los zapatos sin bolear; que el refrigerador debía estar reluciente; que la estufa se limpiaba siempre después de usarla aunque sólo se hubiera calentado agua; que le parecía increíble que no se preocupara porque los calcetines de Fernando reposaran en pares perfectamente hechos bolita dentro del cajón asignado. Daba tantas recomendaciones que Casandra las olvidaba por completo apenas escuchadas. Le fascinaba ver cómo lograba de un escobazo quitar el polvo de debajo de la cama y cómo manejaba la aspiradora sobre los sillones de tal modo que los dejaba con un aspecto de haber sido recién tapizados.

Fernando, a pesar de su reticencia inicial, notaba su presencia una vez por semana y pronto se acostumbró a delegar las tareas de limpieza a alguien a quien no había visto nunca.

—Me gustaría conocerla —dijo un día que Ernestina preparó enchiladas.

—Si llegaras una hora antes de lo acostumbrado, seguro la encuentras.

Fernando llegó casi dos horas antes de lo habitual sin avisar y las encontró en la cocina; sus carcajadas les impidieron escuchar la puerta.

—Buenas tardes… —saludó apenado y luego añadió molesto—: parece que las interrumpo.

—No, Fernando, para nada. Mucho gusto. Te sirvo ahora mismo —antes de que Casandra dijera algo, Ernestina alcanzó un vasito de la alacena, lo llenó de mezcal y lo ofreció a Fernando, que titubeó antes de tomarlo entre los dedos—. Salud —dijo ella y alzó su vaso. Casandra la imitó y Fernando hizo lo mismo, incómodo y visiblemente consternado.

—Creo que las interrumpí. Las dejo que sigan con lo suyo —dijo, enfadado.

—Mejor quédate, estamos hablando de las vecinas y nos estamos divirtiendo mucho —insistió Casandra.

—Estoy cansado y necesito quitarme los zapatos —contestó. En cuanto salió de la cocina, ni Ernestina ni Casandra pudieron reprimir una carcajada. Más tarde, Fernando estalló en reclamos:

—¿Siempre beben? ¿Les parece divertido burlarse de las vecinas? ¿También se burlan de mí? De haber sabido que te ibas a llevar como amiga con la servidumbre jamás hubiera permitido semejante intromisión —Casandra lo escuchó con una mueca de burla involuntaria y en completo silencio. Estaba ebria y de buen humor.

A la semana siguiente, en cuanto Ernestina terminó de limpiar se acomodaron de nuevo en la cocina. Entonces pensó en esa costumbre de recluirse en ese espacio. Mamá lo hacía todo el tiempo, pero no sólo ella, también las abuelas, tías, primas. Cuando una mujer llegaba a casa para hablar con mamá, ella la conducía de inmediato a la cocina. En cambio, cuando alguien, mujer u hombre, quería hablar con papá, él los conducía a la sala o al comedor. Le dijo eso a Ernestina, que se puso muy seria, tomó los vasos y la jaló hacia la sala donde Fernando estaba desparramado. Se sentaron a su lado, platicaron del tráfico, del clima, de la cercanía de la Navidad.

Cuando Ernestina se marchó, Fernando, chapeado por los tragos y por el coraje, dijo:

—El lugar de una sirvienta es la cocina, ¿cómo se te ocurre traerla a la sala?

Casandra sonrió con suficiencia y se mantuvo en silencio. Rellenó su vaso con mezcal sin ofrecerle y se quedó en el sofá con los pies sobre el sillón sin quitarse los zapatos.

Me tienes que presentar a la tal Ernestina.

...

Me parece excelente idea y sé a quién le parece pésima. Y con mezcales de por medio... Oye, no quiero darte lata con esto, pero ¿qué ha pasado con el famoso libro? ¿Y el terreno? ¿Cuándo se piensan mudar?

...

A mí me suena muy mal. No me gusta, la verdad no me gusta nada.

...

Es normal que sientas la presencia de tu mamá en el departamento, pero no es normal que tengas miedo. ¿Miedo de qué?

Un día recibió un mensaje de Fernando: te tengo una sorpresa. Casandra se alegró, imaginó que quizá sería una cafetera antigua que había visto en el tianguis, tal vez algo relacionado con el terreno o, mejor aún, con el libro. ¿Unas flores? ¿Una botella de buen vino? Lo que fuera la puso contenta. Su reunión de trabajo se prolongó y saboreó cada momento que la retrasaba; estaba ansiosa por saber cuál era la sorpresa. Se entretuvo a propósito frente al portón del edificio y luego entró a toda prisa, subió los escalones de dos en dos, se detuvo un momento antes de abrir la puerta para recobrar el aliento y entró. Halló varias sorpresas: sobre la mesa una botella de vino y un florero lleno de azucenas. Mientras colgaba la bolsa en el perchero, Fernando salió de la cocina:

—Ni te imaginas la sorpresa, ven —la condujo hacia la habitación—. ¿Qué ves diferente?

Miró a su alrededor. La cama tenía el mismo edredón verde, los mismos cuadros en la pared, las mismas lámparas de noche sobre los mismos burós, la cajonera a la derecha y el baúl a los pies de la cama. Lo miró interrogante.

—El clóset —el clóset estaba ahí como siempre, con las puertas cerradas por completo.

—Lo arreglaste, ¡qué bien! —desde niña le daba miedo que las puertas de los clósets, armarios o de la habitación permanecieran abiertas durante la noche porque, en la oscuridad, le parecía que alguien la miraba a través del resquicio. Era tanto el miedo que incluso de adulta se sentía incapaz de moverse para encender una lámpara, mucho menos para levantarse, cerciorarse de que no había nadie y cerrar la puerta. Adoptó la costumbre de verificar las puertas antes de acostarse y apagar la luz, pero como una de esas puertas jamás cerraba por completo, clavó un pedazo de tela negra a modo de cortina para que cubriera la diminuta abertura.

—No sólo eso. ¡Mira! —hizo un gesto teatral y deslizó la puerta. Dentro había ganchos y más ganchos con prendas coloridas, de lana, poliéster, seda, chifón. Reconoció las prendas de mamá y casi gritó.

—Es fantástico, ¿no te parece?

Tuvo que sentarse en el borde de la cama, las manos le temblaban y transpiraba como si hubiera corrido un maratón.

Un par de años antes de la muerte de mamá recibió un correo de un servicio de paquetería privado: le decían que habían ido a su domicilio tres veces y, como no la habían encontrado, guardarían el paquete en una sucursal cercana para que lo recogiera pronto.

Se encontró con cinco cajas grandes, pesadas y estorbosas que un taxista malhumorado llevó a casa. Buscó algún remitente y encontró una etiqueta que decía: "C'est fini". Miró las cajas, perpleja. Quizá se habían equivocado. No esperaba ningún paquete y mucho menos tantos y tan pesados. No sabía si esa frase representaba a alguna compañía o a alguien. Se fue a la cama sin abrirlas.

Casi a las cuatro de la madrugada se levantó de un salto, encendió todas las luces, abrió una botella de vino, le dio un trago largo, se armó de cutter y abrió las cajas. Ropa, zapatos, bolsas y cajas con bisutería. Inconfundible: era la ropa que mamá usó durante los ochenta y noventa cuando iba pulcra y elegante todos los días a una oficina. Era ropa bonita de muy buena calidad que Casandra jamás habría usado. Por más que buscó no encontró ninguna nota, carta, recado.

Imaginó a mamá riendo a carcajadas si pudiera ver la cara de asombro y repulsión de su hija. Cada que observaba una prenda recordaba alguna situación específica y desagradable: mamá, la protagonista de un desastre. La vez que se cayó en las escaleras del edificio y se abrió una ceja (pantalón de pana, botas de ante de tacón alto, blusa de seda amarillo paja, collar de tres cadenas); se encerró hasta que la hinchazón en la cara disminuyó e inventó que la habían asaltado y golpeado. Cuando aporreó la puerta a las dos de la mañana llorando y gritando, la niña acudió a la carrera, pensó que algo espantoso le habría ocurrido (vestido de algodón con vuelo color ocre, medias negras de red y zapatillas negras con una correa en el empeine, aretes dorados largos), en cuanto entró a casa se carcajeó y la señaló: "Si vieras tu cara". Casandra fue a recogerla a una fiesta de trabajo porque estaba demasiado ebria para levantarse de la mesa (falda tableada escocesa, blusa de seda azul con moño en el pecho, medias ala de mosca, zapatos rojos, bolsa roja, blazer rojo, arracadas plateadas); los colegas la invitaron a quedarse, quizá no notaron que la hija iba en piyama y que estaba triste y avergonzada. ¿Qué diablos se suponía que Casandra debía hacer con esas prendas? De niña, cuando la veía arreglarse para ir al trabajo, le parecía hermosa y elegante; fantaseaba con vestirse igual. Cuando creció se dio cuenta de que ni su cuerpo ni su carácter estaban hechos para ese tipo de prendas; que jamás se vestiría como ella y que, en definitiva, deseaba parecerse lo menos posible a mamá.

Devolvió la ropa a las cajas, no conservó nada. Las selló de nuevo y escribió con un plumón en letras grandes: "Ropa casi nueva". En ese mismo instante bajó las cajas a los contenedores de basura y creyó olvidarse del asunto.

Un par de días después la frase *c'est fini* vino a su mente. Mamá estudió francés y le encantaba recoger los platos o revisar la tarea, anunciando, si era el caso, que la actividad había terminado: *c'est fini*. Acudió a una academia durante meses, pasó varias pruebas y avanzaba de nivel poco a poco. Hizo amistad con un compañero, Patricio, que iba a casa con frecuencia. A la niña le encantaba ese amigo porque mamá se ponía más bonita, preparaba de comer sin quejarse, bebía sin enojarse y le hacía cariños. Patricio y ella platicaban en francés y aunque la hija no entendía nada, disfrutaba verlos felices, reía cuando ellos reían, se ponía seria cuando se ponían serios y triste cuando estaban tristes.

Un día, mientras mamá lavaba trastes tarareando una canción francesa que ella y Patricio acababan de interpretar, Padre le dijo:

—Te prohíbo que hagas el ridículo frente a tu hija.

—¿Cuál ridículo?

—No le des mal ejemplo a mi hija.

—¿Cuál ejemplo? Patricio es gay, ¡cómo es posible que no te des cuenta si eres taaan inteligente! —mamá suspiró fastidiada y agregó—: Lo que pasa es que te fastidia que me la pase bien, ¿verdad?

—No quiero que te diviertas con amigos como Patricio. No lo vuelvas a traer. No es bienvenido.

Semanas después le anunció a mamá que definitivamente ya no alcanzaba el dinero para pagar las mensualidades de sus clases. La niña creyó que mamá enfurecería, que lo insultaría, ignoraría y continuaría. Mamá pagaba sus clases y eso no mermaba de manera grave o notoria los gastos cotidianos de casa. En una actitud incomprensible, dejó de asistir y Patricio jamás regresó. Tampoco volvió a decir *c'est fini* ni a tararear las canciones francesas que tanto le gustaban. Hubo una tensión terca y silenciosa durante varias semanas. Se hablaban lo mínimo indispensable y entonces mamá empezó a llegar tarde los viernes después del trabajo. Las primeras veces media hora, luego una hora o dos. Lo que parecía una temporada pasajera se convirtió en un hábito que duró años y empeoró con la ausencia de Padre. A veces éste le preguntaba si todo estaba bien, pero mamá asentía con la cabeza en un obstinado silencio. Los retardos se hicieron poco a poco más largos.

Algunas madrugadas la niña escuchaba susurros entre sueños. Un día la despertó un grito doloroso, como de animal herido. Se levantó de un salto y salió del cuarto. En la sala mamá gritaba una y otra vez, estaba despeinada, ebria, sin zapatos, con las medias rasgadas. Padre trataba de tranquilizarla, le decía que se calmara, que iba a espantar a la niña, a despertar a todos los vecinos.

—Si quieres que me calme, déjame en paz —contestó con una voz fría y pastosa, pronunciando cada una de las sílabas.

—Pero mira nada más cómo vienes, ¿ya viste qué hora es? ¿Piensas llegar así todos los viernes? No creas que no me doy cuenta de lo que pasa —Padre hablaba con los dientes apretados como si masticara las palabras antes de escupirlas.

—¡Ah!, ¿sí sabes? ¡Qué bueno que sepas! Porque como tú todo lo sabes, se me hubiera hecho muy extraño que no lo supieras.

—¿Saber qué, carajo?

—Dijiste que te dabas cuenta de lo que pasaba, ¿no? Entonces yo no tengo nada que decir. Déjame en paz —le dio un largo trago a una botella que estaba entre sus piernas. Padre, agobiado, caminó de un lado a otro, masajeándose las sienes. La niña no entendió de lo que hablaban o qué querían decir uno o el otro. Ellos tampoco.

Padre se topó con la mirada espantada de la niña y la arrastró a su cuarto.

—¿Por qué te la llevas? Déjala que vea el monstruo que eres y en lo que me has convertido. Ven, bebé, ven con tu madre —la hija intentó liberarse para atender el llamado; quería abrazarla, pedirle que no llorara, decirle que la quería.

—No, no. Vete a dormir. No son horas —la cubrió con las cobijas y cerró el cuarto con llave.

No pudo dormir. ¿Cómo iba a dormir con tanto grito? La niña escuchó manotazos, sollozos, vidrios rotos. Con espanto y las piernas temblorosas, intentó salir; quería ir con mamá, abrazarla, decirle que todo iba a estar bien.

Padre la liberó casi a mediodía. Mamá no estaba y la sala olía extraño. Todo estaba recogido, pero aun así se percibía un desorden oculto, los escombros debajo del tapete y de los muebles, atrás de las cortinas.

—¿Dónde está mamá?

—A ver, ¿cómo quieres tus hot cakes, dulces o salados? —Padre no iba a contestar.

—Quiero café.

—¿Café? Estás muy chica para tomar café, pero podemos hacer un licuado o un chocolate.

—Quiero café, el abuelo me daba café —Padre puso una taza sobre la mesa y la llenó de café recién hecho de su prensa francesa—. Pues si quieres café lo vas a tomar negro, nada de azúcar ni lechita, ¿oíste? —la niña acercó la taza, sopló un poco y le dio un sorbo sin hacer gestos. Papá sabía que el abuelo la había enseñado a beber café con leche y bastante azúcar.

—Aquí están tus hot cakes salados. Ya que te crees mayor, te los vas a comer sin dulcecito.

Masticó con calma y de vez en cuando le daba sorbos breves al café. Sentía la pesada mirada cáustica de Padre.

—Quiero más café, por favor —dijo cuando terminó con los hot cakes salados y el café anterior. Padre, con una sonrisa torva, llenó la taza de nuevo. La niña, imitando al abuelo, bebió a sorbos pequeños pero constantes, hasta que lo terminó.

Muchos de los recuerdos de infancia eran sólo suyos, jamás los había compartido con Fernando, a pesar de los años que llevaban juntos. Resguardaba el terreno de su memoria con devoción. Mamá, Padre y Casandra conformaron un universo particular y espinoso en el que cada uno cumplió su papel al pie de una narrativa oscura y sostenida, apenas, con hilos de araña.

Lo único que le contaba a Fernando era que mamá fue una mujer autodestructiva y que Padre se empeñaba en señalarle todo lo que presumiblemente hacía mal, que no la dejaba hacer lo que le gustaba y que en definitiva le restringió el mundo hasta hacerlo diminuto, empeñado en que lo único a lo que debía prestar atención era su familia y su trabajo, sin preocuparse por su mundo propio, sus miedos y alegrías, obsesiones y frustraciones. Evitaba contarle detalles, en parte porque ella misma procuraba olvidarlos, porque no los entendía del todo, porque pensaba que había algo siniestro en la frustración compartida, en la necesidad de cariño de mamá y la necesidad de control de papá.

—Por favor, saca todo eso de aquí —la sonrisa se le borró del rostro y la miró sorprendido.

Le gritó que se marchara. Un llanto incontenible le impedía articular palabras con claridad. Fernando intentó tocarla, abrazarla, hablarle. Ella lo empujó a la salida, regresó a la habitación, arrancó las prendas de los ganchos y las arrojó por el cubo de las escaleras.

Durante varios días hubo calma y silencio. Las vecinas parecían andar de puntitas. Fernando no mencionó nada de la ropa ni de la actitud de Casandra. Aquí no ha pasado nada. Las vecinas se sumieron en sus rutinas. Lunes, jueves y sábado de lavado. Domingo y miércoles de despensa. Viernes o sábado de reunión. No volvieron a convocarla, ni preguntaron por su disponibilidad como antes. Hasta Ernestina, cuando le tocó limpiar, estuvo callada y concentrada. No le sugirió la copita de siempre para cerrar el día con alegría, como decía ella.

¿De dónde las sacó? ¿Estás segura de que eran las mismas?
…
Escúchame bien. No entiendo lo que está pasando, pero tienes que salirte de ahí lo más pronto posible. Ya luego ves qué onda con el terreno y con Fernando…
…
¿Y no han hablado de eso?
…
Es macabro hacer como que no pasó nada. Quiere hacerte creer que lo imaginaste.
…
Claro que no lo imaginaste, ni lo dudes, no dudes de ti. Es el colmo, en serio.
…

Te lo he dicho varias veces y no me haces caso.
Ya sé que tienes que estar convencida pero tantas dudas
nomás te frenan.
...
Pues mira, yo la verdad hace rato que no los veo
enamorados.

Un viernes que no le tocaba salir a ningún lado se levantó
tarde. Fernando le dejó un termo con café y una nota amo-
rosa. Desayunó mientras leía las noticias y escuchaba música.
El sol alumbraba, perezoso, la sala; el invierno se acercaba.
Tomó un largo regaderazo con agua tibia. Se lavó la cara con
un jabón especial y hasta se puso crema en el cuerpo, hábitos
poco comunes que solía pasar por alto. Cuando tentó la repisa
para alcanzar el cepillo, se topó con un cilindro pequeño. Lo
tomó y pegó un grito cuando vio lo que era. Un tubo azul
cielo de plástico lleno de pelos como el que usaba mamá para
darle forma a su fleco. Los pelos eran del color que mamá
solía teñirse en los últimos tiempos: rojo quemado.

Salieron con retraso. Padre al volante, la niña atrás con mochila
y lonchera sobre las piernas, mamá en el asiento del copiloto.
   —¿Por qué nadie me dice que traigo el tubo en la cabeza y pantuflas? —se arrancó el artefacto y los miró, renco-
rosa—. Da media vuelta y regresa ahora mismo, no puedo
llegar así a la oficina.
   Padre dejó a la hija a medio camino de la primaria y le
advirtió que cruzara la calle con cuidado. Arrancó el motor

casi sin mirarla y regresó a casa. Casandra se enteraría de que los dos llegaron tarde a sus trabajos; además del retraso original sumado al que provocó mamá, se toparon con un accidente que los mantuvo atrapados casi una hora. Esa noche durmieron poco. Ambos se enfrascaron en una discusión irracional, se recriminaron cosas del pasado y hasta del futuro.

—Me voy de la casa, ¡a ver cómo educas a esa niña! —y mamá la señaló como si apenas la conociera.

El humor de mamá se alebrestaba durante los fines de semana, cuando se imponía la condena de lavar, hacer comida para toda la semana, limpiar, fregar, planchar y además ir al mandado con las vecinas. Durante el frenético trajinar, mamá sólo se quitaba el tubo cuando salía; en casa, el artefacto permanecía sujeto al cabello rojizo, como un recordatorio de su implacable mal humor.

—Es demasiado para mí —la niña evitaba preguntarle por qué lo hacía. No era necesario tanto esfuerzo; no hacía falta sacrificar el fin de semana imponiéndose tareas muchas veces innecesarias. La ayuda de Padre y la niña no bastaba.

—Todo lo hacen mal a propósito —aseguraba mamá.

Cuando se quedaron solas, mamá canceló la enajenante actividad doméstica: la ropa durante días en la lavadora, la comida echada a perder en el refrigerador, la estufa sin limpiar. Casandra procuraba ayudar, pero mamá nunca estaba satisfecha:

—Si no vas a hacer las cosas bien, mejor no hagas nada. Eres una inútil, más vale que no te cases.

La niña no extrañó a Padre. No disfrutaba sus visitas. No soportaba su arrogancia. Si de por sí ya era amargado, se volvió todavía más luego de la separación. Cuando la llevaba al cine, la niña temblaba desde el inicio hasta el fin de la proyección porque sabía que, de regreso a casa, le preguntaría por el argumento, el tema, el desarrollo, el mensaje, los personajes principales y secundarios, su opinión personal. Y si no contestaba como él deseaba, la aleccionaba con grandilocuencia.

—¿No sabes? ¿No sabes? Igualita de bruta que tu madre, ¡qué se le va a hacer! —mamá no es una bruta, pensaba ella sin contestar.

"Mira, yo no quise irme, pero ya ves cómo es tu madre: bruta y borracha y tonta —afirmaba desenrollando primero el dedo meñique, luego el anular y después el medio de su mano izquierda. Entonces la niña miraba hacia otro lado, como si no existiera; como si con sólo desearlo lograra trasladarse a un sitio lejano donde la voz no llegara, donde no pudiera ni siquiera ser vista—. ¿Oíste lo que te dije?, ¡eh, niña! Eres igualita que tu madre: bruta y estúpida, estúpida y bruta —esta vez desenrollaba el meñique y luego el anular para volver a enrollarlos en orden inverso. Luego soltaba una carcajada y la miraba pendiente de su reacción. Casandra se mantenía callada, con la mirada lejana y la respiración controlada apenas, aunque hubiera querido gritar, patear, manotear, insultar.

No había modo de disfrutar las películas, comidas, exposiciones ni funciones de teatro, mucho menos un programa de televisión con él, así que procuraba poner algún pretexto cuando la invitaba a salir. Al final desapareció luego de una terrible discusión con mamá. No volvió a llamar y se limitó a depositar la pensión. Mamá perdió al interlocutor más importante de su furia.

Tiró el tubo en el contenedor de basura del edificio. Luego subió las escaleras con paso firme a pesar de las sandalias y la bata de baño. Abrió una botella de vino y continuó la lectura del libro en turno. El lunes siguiente, el mismo tubo estaba ahí, en la repisa del baño al lado del cepillo. Los pelos tintados de rojo quemado de mamá rodeaban el artefacto. Lo olisqueó: olía a su champú. Devolvió el tubo a su lugar y decidió dejarlo ser, permanecer. Al menos se trataba de un objeto concreto, no como las súbitas sacudidas que la asaltaban mientras trabajaba en el estudio y que representaban la presencia de mamá revoloteando a su alrededor con una energía densa y tierna. A veces tenía la certeza de que mamá intentaba decirle algo, otras veces se convencía de que todo era producto de una sensibilidad exacerbada por ese malestar creciente en su cuerpo, cuya razón evadía cada vez con menos tiento.

¿Cómo va todo? Hace días que no sé de ti.
…
Oye, contesta. Te he dejado cientos de mensajes.

—¿Por qué te paras todas las noches a la misma hora al baño?
　　—¿Qué? —preguntó sorprendida y sobre todo burlona.
　　—Exactamente a la misma hora.

—No sé de qué hablas —contestó mientras apartaba la mano que sujetaba su brazo con fuerza.

—Irasema me dijo con mucha pena que todas las noches vas al baño a la misma hora que su yerno.

—Ay, por favor —replicó—, ¿yo cómo voy a saber a qué hora va el señor al baño? Ni siquiera sabía que tuviera yerno. ¿Su hija Rosalba está casada en serio? —se quedó pensativa. Madre e hija iban juntas por los niños a la escuela, al mandado, limpiaban a cuatro manos el pasillo fuera de su departamento, lavaban y tendían ropa. Jamás había visto a un hombre. Siempre pensó que Rosalba era madre soltera.

Irasema era una mujer menuda y nerviosa que peleó constante y sistemáticamente con mamá. Se gritaban insensateces en las escaleras y a veces se manoteaban en los lavaderos de la azotea, mientras las otras trataban de separarlas sin meter mucho las manos. A menudo nadie recordaba el motivo del zafarrancho.

Su hija Rosalba era un poco mayor que Casandra. De niñas intentaron acercarse sin lograrlo. Irasema y el resto de las vecinas les prohibían a sus hijos que le dirigieran la palabra a Casandra más allá de un cortés saludo.

—Quién sabe qué tipo de educación recibe esa niña, sin padre y con la madre hecha un desastre —decían a sus espaldas lo suficientemente alto para que la niña escuchara.

Cuando regresó al departamento, luego de la muerte de mamá, observó que Rosalba aún vivía ahí y que tenía dos hijos. Siempre lucía agotada y hastiada. Andaba despeinada, usaba jeans desgastados y percudidas camisas bien planchadas.

—Irasema afirma que su yerno y tú traen algo.

—Ay, Fernando, no seas ridículo. Cuando me paro al baño, si me paro, jamás me fijo en la hora y además voy como zombi. Pero ¿en serio hay marido? Yo nunca lo he visto —su curiosidad era enorme. Imaginó que lo tendrían encerrado y amordazado en el clóset, y que sólo lo dejarían salir a trabajar.

Fernando se quedó pensativo un momento. Luego agregó:

—Pues mañana mismo cambio esas ventanas.

—¿Esas por donde no se ve nada porque para eso fueron hechas?

—Es por la tranquilidad de la vecina, hay que ser comprensivos.

—¿Y mi tranquilidad? —contestó mientras él manoseaba el celular y luego, más bajito—: ¡Pendejo!

Los últimos meses de Padre en casa estuvieron colmados de reproches por la supuesta conducta ligera de mamá. La acusaba de flirtear con los vecinos, con sus compañeros de trabajo y hasta con los papás de las compañeras de la escuela de la niña, especialmente con el papá de Noemí.

Un día, mamá fue a recogerla a la fiesta de XV años de la hermana mayor de su amiga. Era muy temprano y la niña no quería marcharse; todavía no ejecutaban los bailables, tampoco habían cenado, mucho menos partido el pastel. La mamá de Noemí insistió y mamá permaneció, aunque incómoda porque no iba vestida para la ocasión a pesar de su perpetua elegancia. Al poco rato se relajó, charlaba con los vecinos de mesa y de vez en cuando se paraba a bailar sola o con quien la invitara. Noemí, Casandra y otras niñas brincoteaban en la pista. De pronto, el rostro de mamá empalideció. Padre, erguido e inmóvil, la miraba desde la entrada del salón. La mamá de Noemí lo vio e intentó invitarlo a la fiesta, pero Padre la rechazó con un ademán grosero. Mamá y Casandra se apresuraron a despedirse. Padre la tomó con fuerza del brazo, mamá intentó zafarse, pero él apretó más y casi la arrastró hasta el carro. Varios asistentes los miraron con sorpresa.

—Muy bonita, ¿no te da vergüenza?

—Estábamos bailando, todos estaban bailando, ¿qué hay de malo?

—¡Cómo que qué hay de malo! El permiso es hasta las once. Seguramente tu hija le pidió a la mamá de su amiguita que te convenciera, ¿verdad? Esa gente no tiene escrúpulos. No quiero que mi hija se junte con esa niña.

—Es su mejor amiga. Se la estaba pasando bien.

—Y tú te la estabas pasando mejor, ¿verdad?

—Vete al diablo.

—¿Te das cuenta del ejemplo que le estás dando a la niña?

Ya en casa, Padre dejó caer los puños sobre la mesa del comedor. La niña los miraba desde el pasillo, se estrujaba las manos y se pisaba los pies desnudos. Presentía que, si dejaba de observarlos, una especie de bomba estallaría.

—A ver, tú, ven acá, ¿a quién quieres más? —Padre la jaló hacia el comedor, señaló a mamá como si fuera un ser insignificante y luego se tocó el pecho hinchado de orgullo—. ¿Quién te conviene para ser una buena persona? ¿Quién?

La niña permaneció con la cabeza gacha y ante la última pregunta se abalanzó a mamá, que lloraba con una rabia que le nublaba la vista de ojos fulgurantes.

—Lo que me faltaba, son tal para cual. No hay nada que hacer —salió del departamento y las dejó solas. La tensión no se disipó, al contrario, parecía crecer y crecer, ocupar todo el espacio y reventar.

—Déjame sola, vete a dormir —la hija se resistió y mamá la empujó con fuerza y repitió separando las sílabas—: Te di-je que me de-ja-ras so-la.

A las pocas semanas se quedaron solas.

Despertó con dolor de cabeza. Fernando preparaba el desayuno. La noche anterior asistieron a un brindis por la próxima boda de unos amigos. Tenían resaca. Casandra fue al baño: en el espejo se reflejaban ojeras, el rímel corrido, los labios secos y un fleco, que ella jamás había tenido, metido hacia la frente en una curva chueca y disonante. Consultó el celular, recordaba haber tomado varias fotografías. Y sí, ahí estaba ella, peinada como mamá, con ese fleco de guacamaya y un vestido que, estaba convencida, había botado fuera del departamento. Un vestido de rayón con un diseño abstracto de colores otoñales, acinturado y con vuelo. Ese vestido con el que mamá, en una fiesta, amenazó a los invitados con un cuchillo porque le pareció que se burlaban de ella.

—Ayer te pusiste muy mal.

—¿Qué? —recordaba la fiesta, cada momento, cada conversación, cuando se despidieron, cuando llegaron a casa.

—¿No te acuerdas?

—¿De qué? —de inmediato se arrepintió de haber formulado esa pregunta. Era la que mamá le hacía a papá cada vez que éste la cuestionaba del mismo modo con congoja y pesadumbre.

—¿Ves? Te pones muy mal y ni te acuerdas. Mejor llama a nuestros amigos y ofrece una disculpa. Yo ya lo hice.

No contestó, se encerró en el cuarto todo el día y sólo salió al baño o a buscar comida. Sabía que no había hecho nada malo, pero una duda terrible la sofocaba. ¿Y si sí? Se preguntaba una y otra vez. Ella no era mamá, jamás lo había sido, ¿y entonces? El fleco con el rastro del tubo seguía ahí, el vestido que jamás se habría puesto yacía a los pies de la cama, arrugado, parecía un trapeador recién usado. Se activó una alarma que inició como un zumbido débil y poco a poco aumentó el volumen hasta ensordecerla. Con unas tijeras lo hizo pedazos, se fijó en cortarlos muy pequeños para impedir que, quién sabe bajo qué maleficio, el vestido apareciera de nuevo en el clóset y, peor aún, que ella terminara metida en ese adefesio.

Recibió un mensaje de Manuela, que le decía lo bien que se veía la noche anterior y además quería saber dónde había adquirido ese vestido.

Se ve muy retro, agregó.

Le contestó que en realidad no le gustaba y que de haber sabido que a ella sí, se lo habría regalado. Se echó a perder, concluyó, mientras amontonaba los pedacitos de tela. Luego le preguntó si había ocurrido algo extraordinario, si ella se había comportado rara.

Estuvo enfadoso y presumido, ya nadie lo aguantaba.
Dijo que te ha estado ayudando en tu trabajo porque

últimamente andas distraída y que por eso se ha retrasado en su libro.

...

Ya sé que es un mentiroso.

...

Oye, ¿pero estás segura de que el vestido era de tu madre? ¿No te habrás equivocado?

...

¡Qué susto! Y qué lástima, estaba muy bonito.

...

Hace rato que no lo menciono, pero no lo olvido, eh. Las cosas se están enrareciendo mucho contigo y Fernando, todo el mundo lo nota. La única que parece no darse cuenta eres tú.

Ese fin de semana Fernando y Casandra no intercambiaron palabra. El edificio estuvo tan silencioso que parecía deshabitado. El lunes se levantó temprano para la clase de danza que tomaba tres veces por semana.

—¿A dónde vas?

—A mi clase —dijo, mientras se acomodaba la mochila al hombro.

—Ya no estás en edad de ir a esas cosas.

Salió del cuarto, del departamento, del edificio. Caminó en silencio. Disfrutó la clase, pero por más que trató de sacudirse la desazón, no lo consiguió. Mamá siempre decía que sus clases de danza eran una pérdida de tiempo:

—Eres una fracasada.

—No quiero triunfar, mamá, lo hago por divertirme.

—Pues qué diversión tan fracasada.

Durante una temporada en su infancia la llevaron a clases de danza. Se enamoró de los cuerpos, de la maestra y de las compañeras. No podía concebir tanta belleza. Los movimientos acompasados por música que antes sólo había escuchado por obligación con Padre le descubrieron un mundo desconocido y lleno de posibilidades fascinantes. Entrar al salón era como entrar a otro mundo, en el que los valores aprendidos se desvanecían y aparecían otros surgidos de dentro de cada uno y que podían coordinarse con los de otros, sin prohibirse ni anularse. Luego de dos años, decidieron que lo mejor en ese momento era cancelar las lecciones, atravesaban una grave crisis financiera que ni siquiera les permitía pagar el pasaje para los traslados. A esas alturas la niña estaba becada. Suele ocurrir que los niños comprenden las palabras incluso sin entenderlas. Escuchó desde la oscuridad de su habitación.

—No la vamos a sacar, qué va a decir la gente, además la danza le ayudará a que tenga una buena figura cuando crezca —gimió.

—Será algo temporal, cuando mejoren las cosas que regrese y ya —concluyó Padre.

Aunque la situación económica mejoró, la de ellos empeoró. La hija tuvo el buen juicio de no suplicar por las clases ante la primera negativa después de casi un año. Intuyó que ninguno de los dos querría hacerse cargo de ella; estaban demasiado imbuidos en el desaliento de su frustración. Había dinero para los pasajes, pero el trayecto era largo y alguien tenía que acompañarla. Mamá estaba agotada por los quehaceres domésticos, su trabajo en oficina y el cuidado en las tareas de Casandra. De papá ni hablar: su trabajo absorbía todo su tiempo.

La convivencia se resquebrajó a plazos. La niña los miraba estupefacta, inmersos en un hueco apenas abierto que con el tiempo se ensanchó y adoptó formas caprichosas. Aferrados a la orilla, hipnotizados por lo que alcanzaban a divisar dentro, quedaron paralizados en una anomia escalofriante.

En cuanto pudo, ya adulta y con sus propios medios, volvió a la danza. Por inercia trabajó poco antes de cumplir la mayoría de edad para no importunar con peticiones sordas. Mamá aseguraba que perdía el tiempo. Y papá la urgió a abandonar esas actividades:

—Tanto ejercicio hace daño.

El celular vibró y, sin fijarse en la pantalla, contestó.

—¿Cómo estás?

La voz, el tono, las palabras la descolocaron. Dejó de teclear y la mente se puso en blanco de tantas imágenes arremolinadas de golpe.

—Me gustaría hablar contigo, platicar. Hace mucho que no nos vemos. Te invito a comer.

—Mejor un café —se apresuró a proponer. Un café daba el tiempo exacto para retirarse pronto si así lo necesitaba o bien para pedir otro y quedarse.

Acordaron sitio, día y hora. ¿Qué se trae? Claro, se respondió, querrá recuperar la relación padre e hija, ser amigos, quién sabe, hasta hablar de mamá. Casandra pensó en preguntarle tantas cosas, hablarle de Fernando, de los proyectos juntos. Qué tal que necesita algo, ¿estará enfermo?, pensó sobresaltada. No creo, se escuchaba bien. ¿Y si me propone que conviva con su nueva familia? Tampoco creo, continuó.

Recordó que la nueva pareja le prohibió que se comunicara con ella o mamá. ¿Estará buscándome a escondidas? Y así estuvo cambiando de ideas, barajando posibilidades como si fueran cartas para adivinar la fortuna. ¿Qué será?, se preguntaba una y otra vez.

De entre sus sentimientos revueltos a veces sobresalían la alegría, el orgullo, el miedo, el resentimiento, la tristeza, la curiosidad, la alegría de nuevo. No le comentó nada a Fernando. La confianza estaba en un proceso de desintegración irreversible, lo presentía y lo negaba. Engañarse es una tarea orgánica.

Por primera vez en mucho tiempo meditó sobre el atuendo que usaría. No quería presentarse demasiado fodonga y tampoco muy arreglada. Quería que, en cuanto la viera, Padre conociera un poco más de ella sin decir palabras; que su aspecto le hablara de la persona en la que se había convertido o mejor no, mejor que su atuendo no le dijera nada en absoluto y que tuviera que preguntarlo todo y que todas las ideas preconcebidas respecto a ella fueran equivocadas.

Llegó a la hora en punto y lo vio a lo lejos, caminaba de la esquina a la entrada del café y de regreso. Se acercó, efusivo, y la abrazó. Se acomodaron en una mesita detrás de una columna, ordenaron café y galletas. La charla inició tensa.

—La separación con tu madre fue dolorosa pero necesaria. Sin duda es una de las mejores decisiones que he tomado en mi vida. Lamento que hayas quedado en medio —Casandra asintió sin opinar. Los dos habían sido infelices, cada uno a su manera. Intuyó desde muy pequeña un cariño obligado y desgastado, luego un sordo rencor incipiente que mutó en una malquerencia. Guardaron silencio unos instantes, pensó que a continuación hablarían de la muerte de mamá. Casandra presintió una atmósfera íntima y tierna. De pronto la miró a los ojos y le tomó una mano para decir:

—Te llamé porque sé lo que está ocurriendo contigo y con Fernando. No me gustaría que cometieras los mismos errores que cometió tu madre. Este muchacho te quiere.

Ni siquiera le preguntó cómo estaba, en qué proyecto andaba, cómo se sentía con la pérdida de mamá, cómo estaba de salud. Si tantas ganas tenía de intervenir en la relación, al menos pudo preguntarle qué iba mal. ¿Por qué decidió que la equivocada era ella y no Fernando, al que ni siquiera conocía? Papá continuó hablando con ese tono condescendiente que tanto exasperaba a mamá.

—Y la verdad es que no es tan difícil. Después de todo lo que pasé con tu madre, mírame ahora; hice una nueva familia y somos felices.

Se levantó como si un resorte se hubiera zafado del asiento. Más que rabia sentía incredulidad. ¿Se daba cuenta de lo que decía o era ella la que no entendía porque en efecto era bruta?

Sacó el celular y marcó el número de Fernando. Dejó el aparato en la mesa y puso el altavoz:

—Hola, ¿estás en casa?

—Estoy con papá, creo que es buena idea que estés aquí, aunque sea por teléfono, como tú organizaste este encuentro…

—Qué bueno que estás con tu papá, pero —risa forzada— yo no organicé nada.

—Pues parece que papá te conoce bastante bien, ahora mismo me está dando consejos que debes escuchar, ¿verdad, papá?

Padre apretó el botón para terminar la llamada. Estaba rojo y tenía una turbia mirada previa a un arranque de ira. Casandra tomó el aparato de la mesa y se marchó. Sus pensamientos se desparramaban en todas direcciones, sintió que la lengua se le enrollaba como un espantasuegras y se alejó tanteando el piso.

Fernando llegó antes de lo acostumbrado. Dijo que tenía buenas noticias. Casandra estaba enfurecida, con esa rabia calma que espera el razonamiento pero que está presta a reventar a la mínima provocación.

—Explícame, antes de que compartas la buena noticia, ¿qué le dijiste a papá para que me buscara y hablara conmigo? —Fernando suspiró y esquivó su mirada. Dejó caer los brazos en un movimiento teatral para dar a entender que se rendía.

—Lo único que quiero es que seamos felices, que estemos bien, que tú estés tranquila —Casandra aspiró aire ruidosamente y luego lo soltó despacio. Insistió:

—¿Por qué buscaste a un hombre que en tu vida habías visto para que hablara conmigo y de qué, exactamente? ¿Qué le dijiste de mí? ¿De qué esperabas que me convenciera?

El departamento se expandió y se encogió como si respirara. La tensión se acumuló en el ambiente, una niebla espesa y crujiente los rodeó. Escuchó la carcajada de mamá en el baño. Fernando le pareció un completo extraño, no logró reconocer los rasgos del hombre divertido e inteligente del que se enamoró años atrás, hasta su voz le era ajena. Le enfadó su manera de vestir, la complexión de su cuerpo, el movimiento de sus brazos, su mirada miope. Ya no le pareció solidario ni encantador, mucho menos comprensivo. Encontró huecas las palabras con las que en un principio la acompañaba e intentaba comprender y desenmarañar las telarañas internas. Reconoció que hacía tiempo no disfrutaba su presencia, que las charlas e intercambio de emociones estaban estancadas y que ya no reconocía el amor que alguna vez compartieron.

Durante algunos minutos lograron hablar sin interrumpirse, pero luego se empeñaron en perseguirse con las palabras, atropellarse, rebasarse, anticiparse, atravesarse. Terminaron con un monólogo ininteligible y regresaron al mismo sitio. Según él, buscó a Padre porque sentía que algo ya no funcionaba, estaba desesperado y necesitaba ayuda. Y Padre accedió sin considerar que quizá su hija debería tener más privilegios que un desconocido. Ninguno se movió de su postura y así quedaron las cosas.

Pelearse y reventar es bueno. No te la puedes pasar guardándote cosas. Tarde o temprano eso estalla dentro de ti o fuera y nunca resuelve nada.
…
Ya se cumplió el plazo para el libro y el terreno, ¿no? ¿Qué pasó?
…
Yo que tú hubiera aprovechado eso de tu papá para correrlo del departamento, ultimadamente el que se tiene que ir es él, ¿tú por qué?
…

Si, ya sé, pero es tuyo, no de él.

…

Yo estoy bien. Ahora mismo la que me preocupa eres tú.
Urge que tomes decisiones. ¿Oíste? Eso ya reventó, no
puedes dejar que las cosas se queden así nomás.

La sorpresa de Fernando fue que encontró un comprador
para el terreno que estaba dispuesto a cubrir lo que ellos habían
invertido. Y como no tuvo oportunidad de consultarlo con
ella, lo vendió y guardó el dinero en el banco. Aparentemente el sitio elegido tenía problemas de suelo que se agra-
varían con el tiempo. Casandra lo miró desconfiada y le dijo
que en todo caso prefería tener el dinero a su nombre, era la
herencia de mamá.

—Claro, tranquila, quién crees que soy. Ubícate, por
favor. Sólo lo hice para evitar triangulaciones —contestó
con el rostro compungido, como si hubiera sido objeto de
una gran humillación.

Fernando y Casandra no se reconciliaron. Suspendieron los
reproches y las acusaciones. Las dudas quedaron en suspen-
so, el tiempo se encargaría de añejarlas y alimentarlas con
cualquier mínima sospecha para un día saltar de la guarida y
arrasar con todo. Se convirtieron en una bomba de tiempo.

—Ay, querida, mira, tu mami siempre nos escuchaba, hasta nos
aconsejaba, ¿verdad? —las vecinas la sorprendieron a mitad de

las escaleras y obstruyeron el paso, estratégicamente coloca-
das como en formación militar—: Tu marido es lindo y comprensivo, por eso creemos que es nuestro deber aconsejarte
que lo cuides; no falta la cusca que lo quiera ligar.

—¡Sí!, yo el otro día lo vi platicando muy acaramelado con
la del edificio de al lado, la que trabaja de mesera de noche.
Se encuentran cuando él regresa de la oficina y ella se enca-
mina a su trabajo —agregó Amelia.

Las demás afirmaron y empezaron a relatar avistamien-
tos: que si lo vieron aquí, que si allá, que si estuvieron platicando a pie de la banqueta un buen rato, que quién sabe si se
vean en otro lado.

Casandra intentó un esbozo de sonrisa. Desplazó el cuerpo de un lado a otro para esquivarlas y crear un espacio por
donde colarse. La miraron a la espera de una reacción: llanto, preguntas, cólera. Pero ella se sentía serena. Luego, una
vez que cerró la puerta del departamento, le asaltó la sospecha de que Fernando quería deshacerse de ella, pero no
del departamento ni del dinero aportado para el terreno. De
inmediato se avergonzó de la suspicacia y se reprendió en
silencio. Fernando era incapaz. Últimamente estaba irreconocible, no era tan guapo ni tan inteligente, pero tampoco era
un monstruo. Algo se estaba resquebrajando sin remedio ni
prisa. Trazó un plan maniático para amalgamar las piezas que,
de acuerdo a su visión, andaban sueltas y a punto de extra-
viarse. Tomó varias decisiones imperativas, convencida de que
valía la pena esmerarse.

Intentaba convencerse de que las peleas y los desencuentros
eran normales después de tantos años de convivencia, y cuando planeaban establecerse de una manera más sólida podían

exacerbarse. Era una etapa, con toda seguridad. En efecto, no era tan guapo ni tan brillante, pero verlo como era en realidad sin la idealización del enamoramiento serviría para sostener una relación madura.

Por más que las palabras y las ideas tranquilizadoras se asentaban en su cabeza, el cuerpo acumulaba tensión e inquietud. Le dolían los huesos y la cabeza. La terrorífica sensación de caminar sin pisar el suelo no la abandonaba ni de día ni de noche.

—Hola, ¿qué tal?

Apenas dejó su portafolio sobre una silla, Casandra echó a la borda todos los razonamientos previos, se lanzó contra él de un salto, lo cacheteó y pateó.

—Así que andas coqueteando con la vecina del edificio de al lado. Y vienes a decirme qué hacer y qué no hacer. Y encima buscas a mi papá a mis espaldas y tomas decisiones del terreno sin consultarme.

—¿De qué hablas? Estás loca.

—Todo lo que te acabo de decir es cierto, no te hagas el tonto.

—En serio, necesitas ayuda. Estás mal, muy mal. Y no sólo eso, ¿ya viste tu aspecto? Cada vez te ves peor, estás envejeciendo prematuramente y eso se debe a tus alucinaciones. A ver si ya te calmas.

Lo empujó fuera del departamento y cerró la puerta con el seguro interno. Fernando tocó un par de veces sin hacer demasiado ruido, susurró algo incomprensible y luego todo fue silencio.

Despertó con la respiración asfixiada, el cuerpo etéreo se materializó poco a poco. Fernando dormía completamente cubierto con las cobijas y Casandra las levantó un poco para cerciorarse de su existencia. Fue al baño, liberó el chorro de orina y permaneció sentada en la taza. De pronto miró sus pechos y le parecieron más grandes. Los tanteó y los notó grávidos. Hizo cuentas, mientras la sensación de ahogo arremetía, contundente. No podía ser, no había modo. Luego recordó que hacía meses que no tenían relaciones sexuales y sonrió con amargura.

El alivio se disipó en cuanto se cubrió con la cobija. ¿Y si estuviera embarazada? Un terror desconocido recorrió su columna vertebral con la lentitud de un molusco que dejó trazos cristalinos y pegajosos en su piel. Sólo otra mujer puede entender el terror paralizante ante la pura idea del embarazo. Aunque estaba convencida de la imposibilidad, trazó un plan en su cabeza. Si fuera cierto, si el hecho fuera comprobado, abortaría de inmediato. Jamás se planteó la idea de ser madre, ¡qué atrevimiento! Una criatura necesita tantas cosas, tantas emociones, tanto cuidado. ¿Cómo procurar algo de lo que se adolece? Apretó con fuerza el vientre y preguntó en un susurro: ¿verdad que no estás ahí?

Pensó en mamá, embarazada demasiado joven. Espantada y sola. Así se veía en las fotos. La sonrisa borrosa engañaba; en cambio, la mirada lo decía todo. Era una pena que no quedara una sola fotografía del rostro de mamá. Las facciones maternas se estaban borrando de su memoria. Apuntó en su lista mental de pendientes preguntar a Prima si tendría alguna foto de mamá completa, no como las que encontró en la azotea, sin rostro ni facciones.

Saboreó la angustia durante varios días. Estaba a la espera de una señal del embarazo, preñez, impedimento, estorbo, dificultad, entorpecimiento, obstáculo, tropiezo, retraso, rémora, gravidez, encogimiento, timidez, turbación, empacho. No, no podía ser posible. Tantas palabras, todas tan negativas.

Fernando, cuando recién volvió de su estancia de investigación, le preguntó con mucho tiento y ternura si quería tener hijos.

—Porque si quieres es mejor hacerlo pronto, antes de que la edad biológica te alcance. Medítalo. Sabes que cuentas con mi apoyo en cualquier decisión que tomes.

Casandra fingió meditarlo durante unos días. La respuesta categórica siempre había sido la misma: no. Fernando recibió la decisión con una solemnidad ridícula y respiró aliviado como si le hubieran quitado un peso de encima.

¿Y si le digo que estoy embarazada?, se preguntó divertida.

A pesar de que tenía en mente ir a la farmacia y comprar una prueba sólo para confirmar lo que sabía, no lo hizo. Ella misma fue una sorpresa para mamá y Padre; una sorpresa inesperada y perversa. No les dio tiempo de asentarse como pareja ni económicamente. Mamá le confió que hablaron de aborto, pero la indecisión se comió el tiempo y no les quedó más remedio que resignarse. Mamá decía que, si hubiera nacido unos años después, todos habrían sido felices. Cada que recordaba esa conversación, Casandra se crispaba. Hubieran sido felices mamá, Padre y otra criatura que no sería ella. Quién sabe qué ser habrían formado años después. En el razonamiento de mamá seguramente un ser con menos defectos, más resistente y adecuado a las circunstancias. Pero Casandra no, de Casandra nada.

Vivió con oleadas de angustia durante varios días hasta que los inconfundibles malestares de la menstruación arribaron. Y, como si su cuerpo le reprochara el presentimiento descabellado, tuvo un periodo inusual que la hizo temer que se desangraría hasta eclipsarse. El color intenso de la sangre y los elásticos coágulos le causaron una mezcla de fascinación y horror.

—Buenos días. ¡Ay, qué bueno que te encuentro!, quería hablar contigo, fíjate…

—Perdón, Amelia, no tengo tiempo ahora mismo. Por favor, dime rápido —de la nada apareció el resto de las vecinas atrás de Amelia, que tomó la batuta del reclamo.

—Hemos acordado pedirte, suplicarte, ¿verdad? —las otras afirmaron con la cabeza—, que cooperes. Ojalá te parecieras un poco a tu difunta madre que tan buena vecina, tan acomedida y tan entrona era con nosotras… Y, mira, como durante un tiempo fuiste de buena voluntad a las reuniones, pensamos que quizá querrías intentarlo de nuevo.

—Perdóname, de verdad tengo que apresurarme, de por sí ya voy retrasada.

Pidió un vodka en el Sanborns. Abrió el libro en turno y se sumergió en la lectura. Dos vodkas después y luego de haber pedido la botana, recordó las palabras de Amelia. Ahora resulta que mamá fue una gran vecina. ¿Cuándo? ¿Antes o después de que Padre se marchara? ¿Qué quiere decir con buena vecina? Quizá se refiriera a quedarse por los pasillos a platicar con ellas, hacer de ama de casa, asistir a las reuniones, ofrecerse a lavar los platos, pedirles consejos; quizá necesiten sentirse imprescindibles, que sin sus favores estaría perdida, que sea una mujer acomedida y abnegada. Integrarse a ese coro unánime y amorfo. ¿Será eso?

Cuando Padre las dejó, mamá no se convirtió en otra persona, fue quien realmente era sin los apretados corsets impuestos. Las disputas con las vecinas iniciaron con un incidente, aparentemente sin importancia, que creció a niveles insospechados. Un día, una vecina tocó la puerta y exigió que mamá bajara el volumen de la música de manera más bien grosera. Mamá y Casandra cantaban a grito pelado una canción de Camilo Sesto que a mamá le gustaba mucho y que Casandra disfrutaba porque a mamá la ponía de buenas. Ella lavaba trastes mientras mamá preparaba un pastel que llevaría a la oficina al siguiente día. Mamá diría que no abrió la puerta con la palita de madera para embadurnar en mano con el propósito de hacer daño. Ni siquiera se dio cuenta de que traía ese artefacto, aseguraría. Casandra se precipitó con las manos jabonosas a la puerta al escuchar los gritos de la vecina y logró detener la mano de mamá, que ya le había atestado varios golpes en los brazos, estómago y piernas. Ese incidente fue motivo de muchas carcajadas entre mamá e hija.

Poco a poco, el ataque se convirtió en norma. Mamá no podía escuchar ningún tipo de crítica o comentario en su contra sin que de inmediato recurriera a la agresión. No siempre salió bien librada; un día la hija tuvo que quitarle a doña Amelia, que la sometió al suelo, sus manos jaloneando la hermosa cabellera recién tintada de rojo quemado de mamá, lo que provocaba que su cabeza se moviera en círculos como en una mala película de terror. Casandra se vio obligada a recurrir a las patadas para librarla.

Mamá se habituó a realizar maldades insignificantes, según ella: arrancaba alguna prenda del tendedero y la tiraba a la basura; dejaba debajo de los tapetes a la entrada de los departamentos un cuero crudo de pollo que ponía nerviosos a los perros del edificio y luego apestaba; ponchaba la llanta de alguno de los carros en la madrugada; recogía correo destinado a las vecinas y lo destruía. Mamá e hija se divertían cuando, en el chat de vecinos, alguien preguntaba por algo que mamá había hecho. Pronto las vecinas se dieron cuenta de que las travesuras eran obra de mamá y respondieron con todo su arsenal: aventaban basura por la ventanilla del cuarto de servicio en la azotea, deslizaban debajo de la puerta del departamento pantaletas manchadas de sangre, llamaban por teléfono una y otra vez sin emitir sonido, la difamaban, decían que cada que le tocaba administrar las cuotas se las robaba, que metía hombres en su departamento incluso con la hija en casa.

Al principio mamá no hacía caso, pero, poco a poco, los comentarios hicieron mella en su ánimo frágil. Mamá le daba una importancia desmesurada al qué dirán. Reñía con mayor frecuencia a la hija cuando notaba que andaba con hoyos en los calcetines y no soportaba verla salir de casa con la ropa arrugada:

—Van a pensar que no te cuido —decía.

A veces revisaba su ropa interior y si descubría los calzones demasiado viejos con el resorte flojo, insistía:

—Imagínate que te pasa un accidente en la calle y los paramédicos son testigos de lo miserable que eres... que somos.

Un día, al regresar de la universidad, poco antes de que huyera definitivamente, notó un olor extraño en cuanto abrió la puerta. Olía a fuego, a azafrán y a podrido.

—Ma. ¿Ma? ¿Ma? —la encontró recostada en el sillón. Una botella de licor había rodado por el piso hasta la entrada de la cocina, de donde salía vapor. El párpado del ojo derecho de Casandra saltaba incontrolable, le sudaban las manos y un temblor bajo sus pies ponía en riesgo sus pasos. Caminó lento hacia la cocina y antes de cruzar el umbral, la siniestra carcajada de mamá le erizó la espalda.

Estaba de pie al lado del sofá con el camisón blanco y la bata de franela. Tenía el cabello alborotado y la mirada perdida. Señalaba a la hija mientras reía, pero no la enfocaba. Casandra dudó unos instantes, no sabía si entrar a la cocina para saber qué ocurría o salir corriendo y no volver nunca. Decidió entrar y apagar el fuego. No se atrevió a abrir la cacerola. Recordó la estufa de leña de la bisabuela y todos los aspavientos que hizo cuando la desmontaron y le instalaron una de gas:

—Eso no sirve para nada —dijo.

Casandra pensó en voz alta:

—Ma, si quieres hacer un menjurje como bruja, necesitas leña, el gas no sirve.

Salió del departamento y no volvió hasta una semana después.

El drama mayúsculo que presintió a su regreso no ocurrió. Mamá la recibió con muestras de cariño, promesas de sosiego. La abrazó tan fuerte que la incomodó, le dio un beso apretado en la boca y le dijo que por favor no la dejara sola.

—Vamos a estar bien —repetía una y otra vez, mientras cocinaba. Era un lunes en la tarde. No preguntó a dónde o con quién había estado.

No paró de cocinar hasta ya entrada la noche: peneques, carne de res en chile pasilla, arroz, cerdo con verdolagas, frijoles puercos. Escuchaba música a todo volumen y de vez en cuando canturreaba los coros. Bailaba mientras lavaba trastes. Todos los quemadores ocupados, los utensilios sucios y amontonados en el fregadero, los olores inabarcables y pesados. Mamá odiaba cocinar.

Amelia organizó una cena en su casa para celebrar el aniversario del edificio. Fernando aceptó la invitación por los dos.

—¿Qué vamos a llevar nosotros?

—¿Un vino?

—¿No sería mejor que te pusieras de acuerdo con ellas para ver qué necesitan?

—No.

Fernando la miró en silencio con desaprobación.

—Entonces compramos un pastel.

—Un vino, no: mejor dos —dijo categórica y compró tres.

El día de la comida tuvo una reunión de trabajo que se prolongó. Avisó por mensaje que llegaría en cuanto pudiera.

Desde el portón del edificio, con el cielo oscurecido, escuchó conversaciones y ajetreo de trastes. Subió directo al cuarto de azotea con las botellas de vino y ahí se quedó hasta media noche. Necesitaba pensar. Se acomodó en un rincón a oscuras y abrió las botellas una tras otra. Para pensar mejor, se dijo, y una carcajada ahogada parecida a la de mamá se le escapó de la garganta. Los fantasmas de la infancia aparecían y desaparecían en oleadas angustiosas. La sensación de ahogo, el suelo inestable, las burlas de la familia, el encierro. Escuchó sus propios gritos y pensó que estarían ahí atrapados, que las paredes estarían embarradas de su antigua desesperación y que la energía de ese cuarto oscilaba entre la soledad de mamá y la propia. Le dolía el cuerpo, los huesos. Un humo negro viajaba en el torrente sanguíneo en busca de una salida, extraviado en el laberinto de las venas. Escuchaba crujidos y bisbiseos.

Fernando ya estaba en la cama cuando bajó. Desde la puerta de la entrada se notaba que no dormía, una especie de bruma pesada lo inundaba todo. El olor a mamá flotaba sutilmente en el aire pesado. La furia de Fernando estaba suspendida en el ambiente y costaba trabajo aspirar aire. Sobre la mesa del comedor halló varios tópers y una rebanada de pastel envuelta en papel aluminio. Lo abrió, se sirvió un anís y permaneció en la oscuridad. Luego se lavó los dientes y la cara. En cuanto entró a la recámara, el oxígeno se comprimió. Había entrado en una cápsula sellada al vacío a punto de estallar.

—Me hiciste quedar en ridículo, van a pensar que me estás viendo la cara —dijo sin moverse, sin mirarla, en un susurro con los dientes apretados.

—¿Por?

—No llegaste, me la pasé justificándote.

—No tenías que hacerlo. No tienes que quedar bien con las vecinas. Sabías que mi junta era importante —dijo arrastrando las palabras.

—No mientas, no vienes de tu junta.

—No, de la junta de trabajo, no. Necesitaba pensar.

—Y por eso bebiste.

—Sí.

Un silencio pesado pareció caer desde el techo hasta la cama. Sintió el colchón más duro de lo habitual. Se acurrucó en un extremo lejos de él y se quedó dormida de inmediato.

Mamá la zangoloteaba de los hombros y preguntaba si no le daba vergüenza lo que la gente pensara de ella o, peor aún, de mamá. No paraba de hablar y estaba tan cerca que Casandra veía cómo movía la lengua a gran velocidad y la salpicaba de saliva. Casandra sumida en el terror, la profunda vergüenza con el rostro ardiente, sin recordar la razón, ¿qué habré hecho?

Fernando no estaba en la cama.

He intentado comunicarme varias veces contigo y no hay modo. ¿Cómo estás?… Estoy preocupada.

…

Es el colmo, Casandra, miles de mensajes sin contestar, creo que ni los has visto, ¿ya no te conectas nunca?

…

Estoy muy muy muy preocupada.

Casandra y Fernando vivían como fantasmas atrapados en el mismo espacio, pero en dimensiones ajenas. Las vecinas, desdeñosas, no los buscaron para las celebraciones de Navidad y Año Nuevo, fechas en las que acostumbraban compartir recalentados, mostrarse los regalos que habían recibido y fotos de sus cenas familiares. Durante esos días, Fernando y Casandra cocinaron, cenaron temprano y vieron películas acurrucados cada quien en el extremo opuesto del sillón con una manta y un vino hasta que se quedaban dormidos.

Durante algunas semanas la relación tuvo una tregua gracias a la indiferencia mutua; fueron al cine, vieron amigos. Nada parecía haber cambiado y todo había cambiado. Fernando hablaba con los amigos de su libro, de la búsqueda del terreno, de las vecinas, de una película. En esas charlas, Casandra no existía, sus planes sólo le pertenecían a él.

Pareces ausente, ni siquiera platicamos ayer, ¿segura
que estás bien?
...
¿Y qué vas a hacer con Fernando y el departamento
y el dinero y todo?
...
Pues él se ve muy dueño de la situación, si tú no has
decidido nada, se ve que él lo tiene todo muy claro.
...
No entiendo cómo pueden estar después de pelearse
tanto. ¿No piensan hablar?
...
Se ven tan distantes, ni parecen pareja.

Un día, sin explicación alguna, Fernando no apareció. Casandra sintió alivio y el cuerpo ligero. Descartó accidentes y contratiempos; presentía una ausencia voluntaria. Últimamente se comunicaban con monosílabos. La conversación del terreno yacía sepultada en los reproches mutuos y el mal humor. Padre era un tema que ambos evitaban. Del libro no se podía ni hablar. Fernando aseguraba que seguía trabajando pero que la actitud de Casandra lo desconcentraba. Ella era la responsable de su bloqueo creativo.

Deseó que no volviera, que la dejara en paz. Imaginó que un día se encontrarían en la calle y se saludarían con abulia. En la madrugada del cuarto día, un apretón en el brazo derecho que colgaba fuera de la cama la despertó. Seguro es Fernando, pensó mientras se levantaba. Las luces de la sala y el comedor estaban encendidas. Escuchó un solllozo familiar proveniente de la cocina. Se asomó. Nada, nadie. Sobre la mesa central de la sala encontró una botella vacía de vodka; en el suelo había trocitos de hielo a punto de desaparecer. Miró debajo del sofá y encontró el vaso de cristal cortado con diseño floral que mamá solía usar. Escuchó un susurro y un cálido aliento le horadó el oído. Ahora estaba completamente despierta. Los pájaros empezaron a trinar. El amanecer estaba próximo. Le dolía la cabeza y sentía la boca pastosa. ¿Dónde está Fernando?

Tuvo una fantasía catastrofista. Fernando tirado en medio de la calle, desangrándose, atropellado, acuchillado, baleado, muriéndose, reprochándole no haber hecho nada, condenado a su indiferencia.

Lloraba histérica. Debió ir a la comida, a las reuniones semanales, lavar los trastes de las vecinas, evitar el bar, usar la ropa de mamá recuperada de quién sabe dónde. Prometió que lo haría, que dejaría las clases de danza y que se peinaría con el ridículo tubo. Fue al baño y se lo enredó en el cabello.

—¡Ves! —gritó—. Haré todo lo que quieras pero, por favor, vuelve —y emitió un alarido áspero y prolongado. De improviso cayó en la cuenta del engaño. Ahora estaba segura de que Fernando la había timado.

—Te largaste con el dinero, ¿verdad? Y además quién sabe con quién te fuiste y ni el valor para hablar conmigo de frente. Soy una estúpida. Manuela me lo dijo. No sé nada de ti. El libro ni existe. Y yo como una estúpida confiada en tu genio, en tu dizque futura fama, en tu bondad de dientes para fuera. Me dejé convencer y en el peor lugar del mundo, aquí encerrada con mamá.

Encerrada en su estudio, acurrucada debajo del escritorio, sin concentración para trabajar y con la mente nebulosa; deseaba marcharse de inmediato, dejar todo, establecerse en otro sitio, relajarse, tomar decisiones. De pronto escuchó a mamá, caminaba por la estancia y hablaba sola. Casandra escuchó con atención, casi había olvidado su voz cuando estaba contenta, una voz abrasadora y enérgica.

Despertó en la cama. Alguien había puesto sábanas limpias; olía a detergente. No podía abrir los ojos, los sentía hinchados; tampoco podía moverse, el cuerpo no respondía, se sentía débil y temblorosa. Se estaba adormilando de nuevo cuando escuchó voces femeninas:

—Qué mal está.

—Se veía venir, ¿te acuerdas de la vez que no llegó a la comida y Fernando tuvo que ir a recogerla al Sanborns de donde le hablaron porque ella ya no podía más? ¿O esa vez que salió tambaleante en calzones a gritarnos? ¿O aquella que golpeó a la vecina? ¿La vez que salió dizque a su clase de danza y regresó hasta la noche apestando a alcohol? Puras vergüenzas. ¡Pobre Fernando!

—Y esto no es nada, apenas empieza.

Por más que intentó despertar y aclarar lo que decían, porque sin duda estaban equivocadas, no pudo. Una pesadez interior le consumía la voluntad, sus músculos no respondían y sentía la piel tan seca que presintió que se resquebrajaría en cualquier momento.

—No tiene remedio, creo que es peor que su mamá, pero con sangre nueva.

Quiso protestar, pero el cuerpo no respondía a los estímulos. Un sueño pesado y pegajoso la anegó en un sopor asfixiante. La voz de mamá le susurró al oído:

—Bebé, mi bebé, bebé, bebé, bebé.

Despertó. Se levantó despacio con las piernas temblorosas. Cuando alcanzó el rellano de la puerta escuchó la voz de Fernando.

—Claro que no la abandoné, cómo pueden pensar eso. Le dije que tenía un viaje de trabajo y que regresaba hoy. Todavía ayer le envié un mensaje de texto a su celular; se me hizo raro que no contestara, pero no le di importancia porque cuando tiene mucho trabajo aleja el aparato para no distraerse.

—Ay, Fernando, está peor de lo que pensamos. Pobrecita, yo creo que necesita ayuda profesional.

—Estoy dispuesto a hacer lo que sea necesario para su recuperación. Jamás la dejaría sola.

Las vecinas alabaron lo buen hombre, bondadoso y gentil, afirmaron que ya no había hombres así y que era una lástima que Casandra no supiera apreciarlo.

En ese momento se enteró de que Fernando estaba viendo departamentos para mudarse; quería adquirir uno con "nuestro" dinero, aseguró.

—El proyecto de la casa de campo nos rebasó. No creo que podamos vivir aislados y... juntos —dijo la última palabra con un tono dramático que ella no conocía—. Además —agregó—, supongo que tendré que tomar la decisión yo solo, no creo que ella tenga la cabeza para pensar con tranquilidad.

—No, no, claro que no. Tú sabrás mejor que nadie lo que le conviene a la pobre —respondieron a coro.

—Y luego está el asunto de su trabajo. No sé si esté en condiciones de continuar, quizá lo más conveniente es que les avise que está indispuesta y pedirles que no la llamen para no alterarla durante un tiempo.

El corazón le dio un salto, sintió como si se hubiera descolocado y detenido por unos segundos. Los conductos del oxígeno redujeron el espacio y fue incapaz de aspirar suficiente aire para respirar. La vista se le nubló. Regresó a tientas a la cama. ¿Y si era cierto? ¿Si no podía tomar decisiones respecto a nada? ¿Si no podía trabajar? ¿Fernando le avisó o no de su supuesto viaje? Estaba convencida de que no. Desapareció sin aviso, sin mensajes. ¿Dónde estaba su teléfono? Miró por todos lados sin encontrarlo.

Qué tal que sí era una inútil. Una bruta. Cerró los ojos temerosa de quedarse ciega. Inválida, buena para nada. Bruta. Qué va a pensar la gente de ti, qué van a pensar de mí. No me dejes sola. Tienes que hacerte cargo de mí. Acompañarme hasta que muera. Enloquecer conmigo. La voz de mamá le atronaba los oídos.

Abrió los ojos. Oscuridad. Fernando dormía al otro extremo de la cama. Una fuerza desconocida la empujó. Se levantó y observó un rato la estancia sin reconocerla del todo. Aspiró hondo y aspiró el olor: ahí estaba mamá. Se lavó la cara en el baño. El espejo le devolvió un rostro demacrado, párpados hinchados y labios resecos. El cabello lucía apelmazado y opaco. ¿Qué hago aquí?, se preguntó. ¿Por qué estoy aquí? La sensación constante de sentirse mal en todo el cuerpo se diluyó poco a poco. Aguantó la respiración lo más que pudo y se movió con sigilo. Se vistió y calzó sin despertarlo.

Antes de abrir la puerta sintió los dedos de mamá en el brazo. De inmediato recordó el dinero guardado en la parte trasera del escritorio de su estudio. Escuchó un prolongado shhh, como cuando mamá llegaba ebria de madrugada y se iba a acostar con la hija para no ir a su cuarto con Padre. Con sigilo, sacó los rollos de dinero de mamá, los metió en la bolsa. Las sienes le palpitaban y veía continuamente hacia el pasillo, aterrada de que se abriera la puerta del dormitorio.

Salió del departamento, caminó de puntitas por los pasillos. En cuanto alcanzó la calle, escuchó la carcajada de mamá. Tiró las llaves del departamento a la alcantarilla y caminó hacia la avenida. La frescura de la mañana despejó las telarañas de su cabeza, el cuerpo respondió al paso cada vez más firme. Emprendió el camino a pie. No halló el aparato celular en la bolsa. Mejor, pensó. Voy a sorprender a Manuela. Pronto, sus extremidades y pensamientos se alinearon al mismo ritmo. Continuó con una mano metida en el bolsillo del pantalón, donde palpaba un llavero vacío.

Sangre nueva de Bibiana Camacho
se terminó de imprimir en julio de 2023
en los talleres de
Impresora Tauro, S.A. de C.V.
Av. Año de Juárez 343, col. Granjas San Antonio,
Ciudad de México